Eva Leipprand · Woher alles kommt

Eva Leipprand

Woher alles kommt

Erzählung

Klöpfer & Meyer

1. Vom Krieg

Vom Krieg wird viel geredet. Weil wir in Nürnberg wohnen, heißt er »Griech«, so wie die Straße mit dem grauen Pflaster »Strass« heißt und das Paket, das aus Amerika kommt, »Bagett«. Wir sitzen am Eßtisch, der unter der weißen Tischdecke an beiden Seiten ausgezogen ist, damit die ganze Familie Platz hat, und die Gäste auch, der Großvater, die Henkelgroßmutter, die Tante Hildegard und vielleicht noch andere Verwandte, die alle vom Krieg reden. Ich bin die Jüngste und sitze irgendwo am unteren Ende, auf dem schweren dunklen Stuhl mit dem geflochtenen Sitz. Mein Kopf reicht kaum über die Tischplatte, ich muß mich strecken, sonst kriege ich nichts mit. Sie reden von Bomben, Fliegern, Flak. Von Blindgängern, die irgendwo in Kellern auf ihren Zeitpunkt warten und explodieren, keiner weiß, wann. Von Luftschutzkellern und Sirenen, die heulen, weil die Bombenflieger kommen. Der Vater ist eine Zeitlang dabei, dann geht er in seinem Anzug mit der Krawatte ins Studierzimmer. Vielleicht redet er mit den anderen über den Krieg, und anders, wenn ich im Bett bin. Die Lampe mit dem gelben Seidenschirm über dem Eßtisch spiegelt sich in der Tasse, die Tassenwand wirft den Lichtschein in zwei Bögen, die sich schneiden, zurück auf meinen Kakao, dessen Oberfläche leise zittert, wenn jemand etwas auf den Tisch stellt. Die Tasse hat außen einen schmalen roten Rand.

Nach dem Bombenangriff waren alle Fenster zersprungen, die Vorhänge um die leeren Rahmen gewickelt und die Splitter auf den Betten verstreut. Die Mutter ging in die Stadt, um nachzuschauen, ob die anderen noch leben. Die Tante Magda und der Onkel Hans kamen ihr entgegen, jeder mit einem Griff des Waschkorbs in der Hand, in dem alles war, was sie noch hatten. Ausgebombt. Auch die Tante Rotraud wurde ausgebombt, in Schweinfurt, ein lächerlicher Name, denke ich, für eine Stadt, in der man ausgebombt worden ist. Der Bruder des Vaters, der Onkel Tony, ist mit seinem Schiff und tausend anderen Soldaten bei Kreta untergegangen und im Meer ertrunken. Kreta ist bei Griechenland. Eigentlich ist Griechenland, wenn die anderen darüber reden, etwas ganz Schönes, weil man so gern dorthin möchte und es doch unerreichbar ist mit seinen Tempeln und der warmen Sonne über dem Meer. Auch der Onkel Wilhelm, der Bruder der Mutter, ist gefallen, ein komisches Wort, ich stelle mir den Onkel Wilhelm vor, wie er gerade dasteht, so wie einer der länglichen Steine aus dem Baukasten, und dann umfällt, wenn man ihn anstößt. Sein Bild hängt an der Wand, er hat eine Brille mit kreisrunden Gläsern wie der Vater, aber er ist mir fremd, ich kenne ihn nicht. Die Mutter erzählt von den vielen Briefen, die sie nach seinem Tod bekam, was für ein besonderer, wertvoller Mensch er war, und wie sie dadurch getröstet wurde.

Evakuierung, davon reden sie auch. Die Mutter war mit den Geschwistern evakuiert in Erbendorf in der Oberpfalz, weil in München so viele Sirenen heulten und Bomben explodierten. Aber dann schossen auch dort in Erbendorf die Tiefflieger das Haus in Brand. Die Mutter holte die Kinder aus den Betten und lud alles, was nicht verbrannt oder geplündert war, auf einen Ochsenwagen im Hof, vor allem die Wäsche für das kleine Kind, das bald kommen sollte. Wäre da nicht ein Engel gewesen und hätte sie bewahrt, wer weiß, sagt die Mutter, was nicht alles hätte geschehen können. Selbst auf der Flucht wurde man noch von den Tiefffliegern verfolgt und mußte sich in Gräben ducken. Der Bruder, der damals noch der Jüngste war, dachte, das sei ein lustiges Versteckspiel, und lachte so laut, daß ihm die Mutter den Mund zuhalten mußte. Sie fuhren mit dem Ochsenwagen den Berg hinauf zu einem Bauernhof, wo sie dann weiße Tücher aus den Fenstern hängten für die Amerikaner, die gerade einmarschierten. Dann wollte auch meine Schwester ganz schnell auf die Welt kommen, weil die Mutter sich zu sehr angestrengt hatte beim Waschen der Wäsche, die vom Brand dreckig geworden war. Die Tante Rotraud, die Englischlehrerin ist, ging mit einem weißen Fähnchen in der Hand hinunter nach Erbendorf, um einen amerikanischen Militärarzt zu holen, aber der hatte keine Ahnung vom Kinderkriegen und gab der Mutter Morphium gegen die Schmerzen. Die Mutter konnte kein Englisch, aber wenn sie die Geschichte erzählt, schütteln alle den Kopf, wie blöd die Amerikaner waren. Die wußten nicht einmal, wie das Kinderkriegen geht. Man mußte dann die Mutter wieder im Ochsenwagen hinunter ins Krankenhaus fahren. Der Vater kommt in der Geschichte nicht vor.

Der Vater erzählt seine Geschichte. Er hat große Hände, mit denen er den Zuhörern vor die Augen malt, was er erzählt. Als die anderen in Erbendorf waren, mußte er in Bayreuth sein, weil die Kirche ihn dort für ganz wichtige Sachen brauchte. Zu einer bestimmten Stunde spürte er ganz deutlich, daß die Familie in höchster Gefahr war. Das muß, denke ich beim Zuhören, genau zu der Zeit gewesen sein, als der Engel der Mutter erschien. Vielleicht war der Engel da, weil der Vater nicht da war, das wäre ja ganz praktisch gewesen. Jedenfalls machte sich der Vater jetzt auf den Weg, die vierzig Kilometer nach Erbendorf. Unterwegs ereigneten sich zwei Wunder, erzählt der Vater. Als er so hungrig war, daß er kaum weitergehen konnte, fiel von einem Armeelastwagen eine Packung amerikanischer Kekse. Der Wagen fuhr weiter, die Kekse blieben liegen für den Vater. Später, als ihm die Schuhe zerrissen von den Füßen hingen, stand da am Wegrand ein Paar Stiefel, sogar in der richtigen Größe. Daran sieht man, daß der Liebe Gott extra auf den Vater aufpaßt. Besser als auf den Onkel Tony oder den Onkel Wilhelm. So kam der Vater wohlbehalten in Erbendorf an und konnte die Schwester, die gerade geboren war, und die ganze Familie in die Arme schließen.

Später mußte die Mutter mit den fünf Kindern von der Oberpfalz nach Erlangen kommen. Damals war die

Schwester die Jüngste. Der Lastwagen, der sie mitnahm, wurde mit dem Gas eines Holzfeuers angetrieben. Er hatte keine Bremse, die Strecke von Erbendorf nach Erlangen aber viele Berge und Kurven. Es blieb ihr aber nichts anderes übrig, sagt die Mutter. Sie hat sich wieder auf den Lieben Gott verlassen und ihre Sachen und Kinder und auch die kleine Schwester auf den Wagen gepackt. Der Vater war nicht da, er war schon in Erlangen und verhandelte mit den Amerikanern um das Haus, das er für sein Predigerseminar haben wollte. Dabei rauchte er unter großer Selbstüberwindung, sagt die Mutter, die einzige Zigarette seines Lebens. Die Amerikaner haben sich das Haus einfach unter den Nagel gerissen, obwohl es ihnen nicht gehört hat, und unanständig waren sie auch. Wenn die Mutter erzählt, wozu die Amerikaner das Haus gebraucht haben, redet sie ganz leise und undeutlich, damit wir es nicht verstehen. Ich höre diese Geschichten von Erbendorf und den Tiefffliegern gern, weil ich weiß, daß sie gut ausgehen und immer ein Wunder möglich ist.

Ich bin nach dem Krieg geboren und kenne ihn nicht. Wer den Krieg nicht kennt, der hat keine Ahnung und macht sich keinen Begriff, sagt die Mutter. Alles kommt vom Krieg. Vom Krieg kommt, daß der Regen durchs Dach tropft und in Eimern aufgefangen werden muß. Wir sind oben auf dem Dachboden, es platscht aus allen Ritzen in die Blecheimer und Wannen, der Vater lacht. Auch die Mutter regt sich nicht auf. Seid froh, sagt sie, daß der Krieg aus ist, ihr macht euch keinen Begriff.

Später gibt es fürs Dach etwas, das heißt Heraklith und sieht aus wie graues Papier, das erst zerrupft und dann wieder zusammengeklebt ist, und Glaswolle. Die Glaswolle sieht weder wie Glas aus noch wie Wolle, wir dürfen sie auch nicht anfassen, sie ist gefährlich, wie Glas zu winzig feinen Stückchen gesplittert.

Vom Krieg kommen auch die Schutthaufen vor dem unterirdischen Gang, der unter der ganzen Länge des Seminargebäudes läuft. Niemand weiß, daß wir den Eingang gefunden haben und dort unten spielen, obwohl es uns graust, im düstern Dunkel, das helle Ende des Tunnels in weiter Ferne. Die zerborstenen Leitungen biegen sich von der Mauer in den Gang hinein wie Schlangen. Wir klopfen an die bröckelnde Wand und riechen den Schuttgeruch, wir steigen über Steinbrocken und verbogene Rohre und sammeln, was wir brauchen. Wenn wir alles haben, steigen wir wieder hinauf ins Helle und bauen im Sandkasten eine Stadt, mit richtigen Häusern aus Stein und Regenrinnen aus den Rohren, für die Zwerge. Die hätten es dort sehr gut, alles ist für sie gerichtet, aber sie kommen nicht. Einmal liegen drei Bonbons auf den Dächern, sie haben die Stadt also gefunden, warum ziehen sie dann nicht ein. Jeden Tag schaue ich nach. Vorsichtig von weitem, ich will die Zwerge nicht verjagen, schaue ich nach kleinen roten Mützen. Aber nur einmal ist fast einer da, ich sehe einen roten Fleck, aber es ist dann doch nur ein Stück Ziegel.

Ich kenne den Krieg nicht und mache mir keinen Begriff, aber ich träume von ihm, von Flugzeugen, die von einem Feuerschweif gefolgt senkrecht vom Nachthimmel fallen, von brennenden Türmen. Dann stehe ich auf, schleiche vors Bett der Mutter und fange an zu winseln. Ich versuche so leise zu winseln, daß sie nicht aufwacht, sie hat ja so viel zu tun und ist sicher wieder fix und fertig; aber doch laut genug, daß sie mich in ihr Bett läßt. In ihrem Bett ist man warm und sicher, aber streng gehalten, man darf sich nicht bewegen und schon gar kein bißchen wühlen, gleich kommt das scharfe Zischen: ssst!

Ich träume, vielleicht mehrmals, von einer Straße, die ich hinaufgehe, an der Hand von irgendjemand. Im Traum gibt es nur die Hand, nicht das Gesicht. Die Straße steigt an. Das Kopfsteinpflaster ist aufgebrochen und liegt in Haufen herum. Alles ist grau, ein ziemlich helles Grau, auch die Ruinen zu beiden Seiten der Straße, die kein Glas in den Fenstern haben, ihre Wände sind in unterschiedlicher Höhe abgebrochen. Es gibt nur graue Steine, sonst nichts. Außer mir, oder uns, ist niemand da. Ich merke: jetzt sehe ich die Welt, wie sie wirklich ist. Alles, was nicht grauer Stein ist, bilde ich mir nur ein. Wir gehen Stufen in einen Keller hinunter bis zu einer Tür. Dahinter, in einer Kammer aus grauem Kopfsteinpflaster, ist der Teufel. Der Teufel hat einen braunen Pelz, Hörner und Bocksfüße und einen langen Schwanz. Er grinst und hüpft in der Kellerkammer wie ein Ball zwischen Wänden, Fußboden und Decke hin und her.

Wir machen die Tür schnell wieder zu, aber ich weiß jetzt, daß er da drin ist, der Teufel.

Im Bilderbuch von Hans Wundersam gibt es Treppen in den Himmel, an einer senkrechten grauen Felswand, ferne Treppen mit unzähligen Stufen immer höher hinauf, und droben im Hellen Engel mit Flügeln, die aus den blassen Kleidern wachsen. Die Engel fertigen in der Himmelswerkstatt Weihnachtsgeschenke für die braven Kinder. Hans Wundersam steigt allerdings auch hinunter zur Hölle. Die Seite, wo man im Bilderbuch die Hölle besichtigen könnte, hat die Mutter, oder vielleicht auch die Großmutter, zugeklebt. Nur an der Ecke links unten lassen sich die Blätter ein bißchen auseinanderziehen. Daher weiß ich, daß der Teufel ein braunes Fell, Hörner und einen langen Schwanz hat und daß man ihn eigentlich nicht sehen darf.

Vom Haus reicht der große schöne Garten bis hinunter zur Wiese und zur Pegnitz. Von der Wiese aus sieht das Predigerseminar grau, fast schwarz aus, das kommt vom Krieg. Eigentlich, sagen die andern, sind die Fenster des Hauses mit rotem fränkischen Sandstein eingefaßt. Aber das sieht man jetzt nicht, weil der Krieg alles grau gemacht hat.

An den beiden Seiten des langen Weges wächst auf Gemüsebeeten das Gemüse für das Predigerseminar. Der Vater legt mit den Brüdern neue Beete an, die Brüder müssen die Erde mit Spaten umgraben, was ihnen nicht gefällt. Die Brüder treten den Spaten in die Wiese, kippen den Stiel und stemmen einen Erdbrocken los, den sie dann umgedreht fallen lassen, das Gras unten, die Regenwürmer oben. Der große Bruder zerkleinert seine Brocken noch mit der Spatenkante. Mit einer Schnur am Stöckchen sorgt der Vater für gerade Ränder.

Im Frühling wird mit langen Messern Spargel gestochen, bleiche Stangen aus aufgehäufter Erde. Ein Stall mit Kühen, Schweinen und Geißen heißt die Ökonomie. Im Hof der Ökonomie, neben dem Misthaufen, ist ein Trog oder Brunnen aus Stein. Es werden Geißlein geboren, die sind so klein, daß ich eins heben und auf den Armen halten kann. Ich gehe hinunter zur Ökonomie, mein Geißlein zu besuchen. Da steht ein Mann, ein Unbekannter, der hat das Geißlein gepackt, die Vorderfüße in der einen, die Hinterfüße in der anderen großen Hand. Er schwingt das Geißlein durch die Luft und läßt es mit der Stirn an den Steintrog krachen, zweimal, dreimal.

Es gibt noch einen anderen Brunnen im Garten, gleich neben dem Spargelfeld. Wenn man sich da am Rand hochzieht und hineinschaut, ist das Wasser tief und schwarz. Das Wasser ist so schwarz und tief, daß man darin ertrinken könnte. Die Schwester zum Beispiel, die nicht viel größer ist als ich, könnte darin ertrinken, wenn sie sich über den Rand hochzöge und hineinfiele. Ich will nicht daran denken, daß die Schwester da vielleicht einmal hineingefallen ist und fast ertrunken wäre.

Auf der großen Wiese unten geht der Storch auf dünnen roten Beinen, wie auf dem Bild im Liederbuch. Wir können ihn von unseren Fenstern aus sehen. Er geht sehr stolz und feierlich, wie er so langsam das Bein hebt und winkelt und wieder ins Gras stellt. Mich wundert, daß so ein Storch wirklich Frösche essen mag. Um die Wiese herum fließt die Pegnitz, in der man an heißen Sommertagen baden kann, am oberen Ende, wo der Fluß eine kleine Bucht bildet. Der Boden ist schlammig und nicht ganz geheuer, man weiß nie genau, wie tief man einsinkt. Vom Schlamm ist das Wasser gelb. Zwischen den Ufersträuchern stelle ich mir den Moses im Körbchen und die überraschte Tochter des Pharao vor. Die Eltern schwimmen mit den großen Geschwistern den Bogen um die Wiese, lassen sich vom Fluß bis zum unteren Ende treiben und steigen dort aus dem Wasser wie angelandete Schiffe.

Große Aufregung im Garten, es ist aber nicht Sommer, sondern kühl oder kalt. Von der Pegnitz hoch über die Wiese und den breiten Weg zum Haus herauf kommt ein aufgeregtes Knäuel Leute, die tragen etwas, jemanden. Ich renne hin und schaue, ein Mädchen in eine braune Decke gewickelt, die Augen sind riesig aufgerissen unter den nassen Haaren. Es ist eines der Mädchen, die in der Küche arbeiten. Die Arme wippen aus der Decke wie verwelkte Blumenstengel, eine Hand greift schlaff in die Luft. Die Mutter kommt aus dem Haus dem Trupp entgegengelaufen. Sie zieht die Decke über die aufgerissenen Augen und scheucht mich weg, ins Haus. Wir sollen so etwas nicht sehen. Das ist so wie mit dem Teufel. Daß sie das Mädchen aus der Pegnitz geholt haben, kann ich mir selber denken. Warum sie aber hineinging, erzählt mir keiner. Ich habe ein schlechtes Gewissen, daß ich etwas gesehen habe, was ich eigentlich nicht sehen soll. Deswegen kann ich niemand fragen, so wie ich auch niemand meinen Traum vom Teufel erzählen kann.

Die steinernen Stufen im Treppenhaus sind breit und kalt. Der Handlauf ist höher als mein Kopf, ich halte mich an den Geländerstäben fest. Jetzt sind die Stufen, wo sie nach unten gehen, voller Würmer, dick wie Schlangen, aber ohne Kopf, grünlich, fast weiß, bleich. Sie winden sich langsam in Knäueln ineinander, hinauf und hinunter, manchmal hebt sich ein Ende schlaff hoch und bewegt sich hin und her. Die Schlangenwürmer glitschen über die Kanten der Stufen und bedecken den Stein von der Wand bis zum Geländer wie ein lebender Teppich. Es ist völlig ausgeschlossen, einen Fuß auf eine der Treppenstufen zu setzen. Nie wieder, solange dieser Alptraum dauert, kann ich in den Garten hinunter.

Oft höre ich vom Jüngsten Gericht. Ich bin die Jüngste in der Familie, aber das Jüngste Gericht kann nicht eigens für mich gemeint sein. Auf jeden Fall werde ich niemals bestehen können. Beim Jüngsten Gericht kommt der Herr Jesus und alles ist aus. Er kommt zwar hell leuchtend in einer Wolke aus Licht, ich soll mich darauf freuen, aber ich stelle mir das Jüngste Gericht so vor wie den Krieg, den ich nicht kenne, unvorstellbar, ich mache mir keinen Begriff. Ein großes Brennen, und alles ist aus. Abends im Bett rede ich mit der Schwester vom Herrn Jesus und vom Jüngsten Gericht. Wir haben Angst, weil auf einmal nichts mehr zählt, das Bett mit seiner warmen Decke nicht und auch nicht das hohe Zimmer. Auch der Vater und die Mutter nicht mehr. Davon kann man nachher keine Wundergeschichten erzählen, die gut ausgehen. Der Liebe Gott sieht alles, auch daß wir jetzt schwätzen, was wir nicht sollen. Das Jüngste Gericht kann jederzeit kommen, auch heute nacht, wenn ich schon eingeschlafen bin, aber das spielt dann keine Rolle mehr.

Der Vater hat einen Unfall gehabt. Von uns war keiner dabei, wir hören nur davon und sehen ihn im Bett liegen. Er hat einen Schock, sagen sie, aber man sieht keinen Schock, der Vater sieht aus wie immer, außer daß er sonst nicht im Bett liegt, sondern einen Anzug anhat mit Krawatte. Der Vater hat keinen Führerschein und ist beim Unfall auf dem Beifahrersitz gesessen. Als ein anderes Auto seinem in die Seite fuhr, wurde er heraus und übers Kopfsteinpflaster geschleudert, wenn ich richtig gehört habe, was die anderen anderen erzählen. Ich sehe das graue Kopfsteinpflaster und den Vater darüberwischen, da, wo es glatt und eben ist, zum Glück, und nicht zu Haufen aufgetürmt, wie dort, wo der Teufel wohnt.

Es ist Silvester. Es knallt und kracht, die andern sitzen am Tisch und reden vom Krieg. Durch die hohen Fenster sieht man Blitze in der Ferne, hinter der Wiese auf der anderen Seite der Pegnitz, Explosionen, Lichtgarben über der Stadt, Leuchtkugeln steigen hinauf ins Dunkle und fallen in Bögen herunter. Es blitzt quer über den Himmel, ein unvorstellbar heller Schein wie beim Jüngsten Gericht. Am nächsten Morgen ist ein gelber Fleck im Schnee an der Mauer. Ein Loch in den Schnee geschmolzen und gelb. Ich gehe lieber nicht zu nahe hin. Hier muß das Silvester gewesen sein, das Feuer, das Licht. Was hat denn hier ein Hund zu suchen, sagt die Mutter.

2. Vom Essen

Zum Essen liegt auf dem Tisch eine weiße Decke. Wenn der Tisch ausgezogen ist, sind es zwei Tücher, die, da wo sie zusammenstoßen, ein kleines Stück übereinander liegen. In der Mitte hebt sich ein Knick und zieht sich über die ganze Länge des Tisches. Das Tuch hat im Weiß ein feines Muster, kleine Würfel, auch die Teller sind weiß, nur die Kaffeetassen haben einen roten Rand. Die Suppenschüssel mit den Löwenköpfen an beiden Seiten wölbt sich so hoch, daß ich erst, wenn der Schöpflöffel auf den Teller geleert wird, sehen kann, was es zu essen gibt. Sehr schnell hat das Tischtuch Flecken im Weiß. Manchmal teilt die Mutter Messerbänkchen aus, kleine silberne Stäbe mit zwei Kreuzchen an den Enden, auf denen sie stehen, aber das nützt auch nichts. Wenn das Tischtuch zu viele Flecken hat, dann wird es umgedreht, so oft kann die Mutter nicht waschen. Jetzt geht der Knick in der Mitte nach unten.

Das Essen steht pünktlich auf dem Tisch, wenn der Vater kommt. Der Vater sagt das Tischgebet, meistens Komm Herr Jesus, seltener Aller Augen warten auf Dich, Herr, vielleicht, weil das so lang ist. Die Mutter gibt ihm zuerst auf den Teller. Oft ist er in Gedanken und holt ein kleines Büchle heraus, um hineinzuschreiben, was ihm eingefallen ist. Wenn am Tisch alle durcheinander reden, sagt er Silentium, aber das meint er nicht richtig ernst. Die großen Geschwister sitzen nahe bei den Eltern und sprechen wie Erwachsene mit ihnen, es wird viel gelacht. Wenn ich etwas sagen will am unteren Ende, muß es laut und kurz und witzig sein, sonst hört keiner zu.

Am Sonntag gibt es manchmal einen Braten. Die Mutter nimmt einen Teller vom Tisch, dreht ihn um und drückt ihn gegen ihren Oberarm. Dann wetzt sie das Messer auf dem rauhen Ring an seiner Unterseite. Sie zieht die Schneide erst von der einen, dann von der anderen Seite über das Untere des Tellers, das man sonst gar nicht sieht, der weiße Ring wird schwarz vom Drüberschaben, das Messer blinkt und knirscht ganz scharf in der Hand der Mutter, sie hält den Daumen fest gegen den Griff. Ihr gefällt das Wetzen und dann das Schneiden mit dem scharfen Messer.

In der Küche steht die Kochkiste. Sie ist außen weiß lackiert, das Polster innen mit einem Stoff überzogen, der sich anfühlt wie ein Sack. Die Kochkiste hat zwei Löcher, ein größeres und ein kleineres, da passen genau die zwei Kochkistentöpfe aus leichtem Aluminium hinein. Man muß sie vorsichtig hinunterlassen, damit nichts überschwappt und die Kochkiste dreckig macht. Die Henkel an den Seiten werden hochgeklappt, der Deckel ist ganz flach und dünn, mit einem Griff, der mit Gescheppper umfällt, wenn man ihn nicht braucht.

Auf der Kochkiste kann man lange sitzen und der Mutter zuschauen. Die Mutter kann gut kochen, das sagen alle, die bei uns essen, viel besser als die Schwester Rosa unten in der Seminarküche. In der Seminarküche liegen manchmal riesige Tabletts voller nackter Brotscheiben, die nur mit Marmelade bestrichen sind so braunrot wie die Grindchen auf meinen Knien. Ohne Butter werden die jungen Männer doch nicht satt, sagt die Mutter. Von der Margarine, die die Schwester Rosa verwendet, spricht sie nur mit Verachtung. Obwohl das Geld für die vielen Kinder hinten und vorn nicht reicht, kommt ihr Margarine nicht in die Tüte. Fast alles schmeckt gut, was sie, zusammen mit der Haustochter, in den weißen Schüsseln auf den Tisch trägt, nur nicht das Warmbier und die Brotsuppe, die sie aus den harten Resten macht. Auch den Meerrettich, den der Vater so gern hat, kann ich nicht leiden.

Nach dem Essen wird das Geschirr hinausgetragen, und das Abspülen fängt an. Ich muß beim Abtrocknen helfen, obwohl ich noch so klein bin. Ich wickle eine nasse Tasse mit dem roten Rand in das karierte Tuch und drehe meine Faust im Tassenloch, damit es trocken wird. Dann rubble ich noch mit dem Tuch außen an der Tasse herum, zuletzt am Henkel. Bis ich mit der einen Tasse fertig bin, hat die große Schwester schon einen ganzen Stoß Teller getrocknet und in den Schrank geräumt. Es ist aber immer noch ein Berg aus Tellern, Schüsseln und Töpfen da, wie bei den drei Aufgaben im Märchen, bei denen man von vornherein weiß, daß sie nicht zu bewältigen sind, außer wenn Riesen kommen und mitmachen.

Die Mutter ist weg, die großen Geschwister auch. Wir drei Jüngeren, von denen ich die Jüngste bin, sind allein und holen an heißen Henkeln die zwei Töpfe aus der Kochkiste, die die Mutter für uns dort versenkt hat. Wir stellen drei Teller auf die nackte Platte des Küchentischs und kippen zuerst aus dem großen Topf die Nudeln und dann aus dem kleineren die Tomatensoße hinein. Wir haben uns zwar Löffel hingelegt, aber dann fangen wir an, mit den Händen die Tomatensoße unter die Nudeln zu mischen. Die Nudeln glitschen durch die Faust, sie sind weich und heiß, die Soße spritzt zwischen den Fingern und läuft rot den Arm hinunter bis zum Ellenbogen, den wir schamlos auf den Tisch stellen. Die Nudeln kringeln sich lang und schmierig, ich denke ganz kurz an Würmer, denke dann schnell wieder weg und stopfe die tropfenden Nudelknäuel mit den Händen in den Mund, so wie die anderen auch, wir suckeln und schmatzen und reden mit vollem Mund, die halbzerkauten Nudeln in den Mündern der anderen, wir lachen, so wie wir aussehen, was wir da machen, es ist ungeheuerlich.

Der Vater hat beim Essen kleine braune Fläschchen neben dem Teller stehen, auf der Tischdecke liegen zwei Tabletten, eine runde weiße und eine längliche gelbe. Bevor der Vater den Löffel in den Suppenteller taucht und wir dann auch alle anfangen zu essen, tropft er aus den Fläschchen fünf oder auch acht Tropfen auf den Löffel und schiebt ihn in den Mund. Dabei schüttelt er sich, damit wir merken, daß das Hylak forte bitter schmeckt. Dann schluckt er noch die Tabletten hinunter. Der Vater muß die Arzneien nehmen für den Magen und für andere Sachen, weil er so empfindlich ist. Deswegen muß man ihn auch schonen, und die Mutter kümmert sich um ihn, wenn er müde heimkommt. Dann legt er sich aufs Sofa, und die Mutter wickelt seine Füße in eine Wolldecke. Manchmal bekommt er abends, wenn wir alle ein langweiliges Brot essen, in kleinen Tiegeln gutes duftendes aufgewärmtes Essen, das vom Mittag übriggeblieben ist. Wir schauen zu und wissen, das braucht der Vater, weil er so viel arbeitet und sich so plagen muß. Wenn die Arzneifläschchen leer sind, schenkt er sie uns. Man weiß aber nicht genau, was man damit machen soll.

Ich gehe im Garten herum zwischen den Gemüsebeeten. Der Kohlrabi steht auf einem dünnen Bein und wartet, daß seine Knolle unter den riesigen blaugrünen Blättern endlich dick wird. Das Kartoffelkraut wächst wie eine Allee auf dem langgezogenen Bergkamm. Wenn man im Herbst die Kartoffeln herausholt, ist das so wie Ostereier suchen und in Körbe sammeln. Ich kann nicht begreifen, daß man nachher wieder so viele von den schönen gesammelten Kartoffeln hergibt und in die Erde hineinlegt, das muß doch die anderen auch reuen. Beim Salat gehe ich ganz vorsichtig vorbei, weil jemand gesagt hat, er schießt. Es ist aber ganz still im Salatbeet, die Köpfe sehen nur eigenartig aus, die Blätter unten flach ausgebreitet und ein grüner Turm von Babel in der Mitte. Die Tomaten an ihren Stöcken sind fast reif und riechen nach roter Hitze, wie aus einem fremden fernen Land, aber auch ein bißchen nach dem grünen Stengel mit dem Sternchen, an dem sie so schwer nach unten hängen.

Da kommt ein Kind durch den Garten, es gehört vielleicht zu irgendjemand im Haus, und hat ein Brot in der Hand, mit einer gelben Schicht bestrichen. Ich frage und erfahre, das ist Margarine. Willst du beißen, fragt das Kind. Ich beiße, es schmeckt mir, ich weiß nicht, wie ich der Mutter unter die Augen treten soll. Ich hocke mich zwischen die Johannisbeersträucher, wo mich keiner sieht, vielleicht kommt ja die Mutter sehr groß den Weg in den Garten herunter.

Trotz der Gemüsebeete im Garten haben wir zu wenig Vitamine. Der Doktor schickt uns zur Höhensonne, die Schwester und mich. Erst müssen wir auf zwei Stühlen warten, dann kommt eine Frau im weißen Mantel und holt uns in einen kleinen dunklen Raum. Wir müssen uns ausziehen und bekommen Gummisonnenbrillen über den Kopf gezogen. Das sieht ziemlich blöd aus, wie ich bei der Schwester sehe. Dann wird die Höhensonne eingeschaltet. Die Höhensonne strahlt von oben, deshalb heißt sie so, sie hängt aber ganz nah über uns, ich habe sie mir höher vorgestellt. Sie ist lila und warm und riecht ganz seltsam, so satt, so dickflüssig, daß man aufhören möchte zu atmen. Wir liegen und dürfen uns nicht bewegen, bis der Wecker klingelt, dann drehen wir uns um. Wenn die Höhensonne an ist, wird der weiße Mantel der Frau violett. Sie ist streng und schimpft, wenn wir nicht stillhalten, aber ich bin trotzdem stolz, daß man extra wegen mir die Höhensonne eingeschaltet hat.

Weil der Doktor mit unserer Ernährung nicht zufrieden ist, gibt uns die Mutter zehn Pfennig und schickt uns zum Milchmann, einige graue Straßen weiter, um die Ecke in einen dunklen Laden, zwei Stufen über dem Gehweg. Der Milchmann ist kein fröhlicher Mensch, er ist so traurig wie sein Laden, aber er gibt uns für die zehn Pfennig eine Muschelwaffel voll mit süßem weißen Schlagrahm, den ich so langsam esse wie möglich, damit nicht die Schwester noch etwas hat, wenn ich schon nichts mehr habe. Sie kann viel besser sparen als ich. Während wir am Schlagrahm schlecken, gehen wir langsam durch die grauen Straßen. Wir müssen fertig sein, bevor wir nach Hause kommen, sonst werden die Brüder neidisch, die schon größer und besser ernährt sind. Der Bruder, der vier Jahre älter ist als ich, hat sogar damals, als ich ein Baby war, heimlich meine Fläschchen ausgetrunken. Wenn die Mutter davon erzählt, merkt man, daß ihr der Bruder imponiert, weil er sich so gut durchsetzen kann.

Zum Schluß lecke ich aus den Muschelrillen der Waffel den letzten weißen Rest und esse die Waffel auf, die schon feucht und weich geworden ist. Etwas Besseres als den Schlagrahm vom Milchmann kann es auf der ganzen Welt nicht geben.

Die Mutter hat Streuselkuchen gebacken. Weil es wenig Butter und Eier gibt, wird der Kuchen trocken, aber der

Streusel ist gut und zergeht wie ein Bonbon im Mund. Für den Streusel läßt die Mutter ein Stück Butter im Pfännchen zergehen und gibt die flüssige Butter dann löffelweise in eine Schüssel mit Mehl und Zucker und Zimt. Ich schleiche in die Speis neben der Küche, wo der Kuchen auf seinem Blech liegt unter dem schmalen, halb geöffneten Fenster. Am Anfang picke ich vorsichtig hier und da, damit man nichts merkt, aber der Streusel ist so gut, daß der Kuchen am Schluß richtig kahle Stellen hat.

Ich werde in die Speis gerufen, da stehen viele Große um den Kuchen herum und fragen mich, wo der Streusel geblieben ist. Daß ich sage, ich war's, ist völlig ausgeschlossen. Die anderen sind zu viele und zu groß. Dann wäre alles aus. So sage ich, ein Vögele war's, das ist durchs Fenster gekommen und hat den Streusel weggepickt, ich hab's gesehen. Ich erzähle vom Vögele, wie es mit dem Schnabel ein Streuselkügele nach dem andern von dem langweiligen Teig hob und hinunterschluckte oder auch einmal durchs Fenster hinaus fliegend seinen kleinen Kindern hinübertrug. Ich erzähle so genau, daß ich es selber glaube, aber es ist aussichtslos. Die anderen lachen und lassen nicht locker, sie stehen groß um mich herum, sie fragen und wollen mich in die Enge treiben, ich aber bleibe bei meinem Vögele, bis einer die Geduld verliert und ruft: nun sag doch endlich, daß du den Streusel gefressen hast. Ich freß doch nicht, rufe ich empört zurück und merke an dem brüllenden Gelächter, daß ich mich verraten habe, so schrecklich, daß ich am liebsten zehn Klafter tief unter der Erde versänke.

Die Mutter bekommt zum Kochen einen Multimix. Der Multimix macht einen großen Krach aus dem Metallgehäuse heraus, auf dem er steht. Der Krug, der auf das Gehäuse geschraubt ist, ist durchsichtig, so daß man sehen kann, wie das Messer drinnen mixt. Die Flüssigkeit wird von unten in einer Kreisbewegung schräg nach oben geschleudert, immer neue zerschnittene Teilchen kommen über die Glaswand hochgetrieben und werden dann wieder durch die Mitte nach unten gesogen, wo, wenn man den Gummideckel aufmacht, ein röhrender Mahlstrom zu sehen ist, je dicker die Flüssigkeit ist, desto schwerer schmatzt er. Seit wir den Multimix haben, gibt es oft Fruchtmilch zum Nachtisch, mit zu winzigen Teilchen zerkleinerten Bananen oder auch Erdbeeren, wenn sie im Garten reif sind. Manchmal tut die Mutter ein Ei dazu, mit der Schale. Weil wir das nicht glauben wollen, wirft sie vor unseren Augen ein ganzes Ei in den Multimix, so daß wir sehen, wie die Schale zu winzigen Stückchen zerhackt in der Masse auf und ab getrieben wird. Der Kalk ist gesund, sagt die Mutter, und von den Schalen merkt man überhaupt nichts. Das stimmt aber nicht, sie knirschen zwischen den Zähnen wie Sand.

Der Schlagrahm vom Milchmann ist das Beste, was es gibt. Das Zweitbeste sind Bonbons, die wir Bommbomms nennen. Leider gibt es fast nie Bonbons, weil die Zeiten so schlecht sind. Außer die Zwerge bringen welche. Eines Tages will der große Bruder mir ein Bonbon schenken. Er zeigt es mir, es ist in weißes Papier eingewickelt. Ich darf es anfassen und spüre, da ist ein flaches hartes Rechteck in dem Papier, es wird so ein Bonbon sein, das aussieht wie ein Stückchen Eis, die mag ich besonders gern. Ich renne hinter dem Bruder her ins Wohnzimmer, wo die anderen sind. Sie stehen im Kreis um mich und schauen zu, wie ich das Bonbon aus dem Papier wickle. Es ist gelber als erwartet. Im Mund, beim Draufbeißen, merke ich, es ist ein Stück rohe Kartoffel.

Das Gelächter ist groß, viele Große stehen um mich herum und lachen. Der Bruder freut sich, weil sein Streich gelungen ist, auch die Mutter lacht, so wie sie immer lacht, wenn der große Bruder seine Späße macht. Auch ich bewundere ihn, weil er so witzig ist.

Die Beeren im Garten sind reif, die Mutter kocht Marmelade. Alle müssen mithelfen am großen Küchentisch und die grünen Sternchen aus den Erdbeeren zupfen, die Johannisbeeren mit der Gabel von ihren Stielchen lösen und verlesen, die Kirschen mit einer Haarnadel entsteinen, den Stachelbeeren die braunen Blüten abschneiden. Zwei Tage lang riecht die Küche nach frischem Obst. Die Mutter hat den Überblick und ist sehr vergnügt. Sie stellt den riesigen flachen schwarzen Topf auf den Herd über alle Flammen gleichzeitig, wiegt das Obst ab und kippt aus dem großen Sack, Pfund auf Pfund, den Zucker dazu. Ich stehe auf dem Stuhl und schaue zu, wie sie mit dem Kochlöffel quer durch den großen Topf ihre Achter rührt, während der Zucker aus den Beeren den Saft zieht und alles zu einer roten Masse verschmilzt, die dann bald anfängt, von unten her Blasen zu treiben und zu blubbern. Auch wenn der Beerenbrei schon im ganzen Topf kocht und spritzt und aufschäumt, muß die Mutter noch unendlich lange rühren und zwischendurch den rosa Schaum abschöpfen, während der Dampf ihr um den Kopf weht. Sie hat aber kein Heft neben sich liegen, in das sie, wie die Henkelgroßmutter, Gedichte schreibt, sie hat die Arbeit gut organisiert. Während sie rührt, haben wir alles vorbereitet, die Gläser gespült und vorgewärmt, das Cellophan in Quadrate geschnitten, die Gummis hergerichtet. Jetzt wird die Mutter ein bißchen aufgeregt, sie muß den richtigen Zeitpunkt bestimmen, wann sie mit dem Rühren aufhören kann, dann wird die Marmelade mit dem Schöpflöffel in die Gläser gefüllt, an einem silbernen Löffel vorbei, der das Springen des Glases verhindern soll. Alles muß schnell gehen, schnell das nasse Cellophanstückchen darübergelegt und mit dem Gummi festgezurrt, der letzte schon gelierende Rest aus dem Topf gekratzt. Dann kann die Mutter, während das Cellophan zu knistern anfängt und sich spannt und an seiner Unterseite in der Mitte sich ein großer Tropfen bildet, und während eines der Geschwister, das schon schreiben kann, kleine Zettel mit den Fruchtsorten und der Jahreszahl aufklebt, wieder in aller Ruhe die vollen Gläser zählen und ausrechnen, wieviel sie durch ihre Arbeit gespart hat.

Wenn es rohe Klöße geben soll, braucht man Männer in der Küche. Sie werden allerdings nicht sofort gerufen. Zuerst werden die Kartoffeln gewaschen und geschält und dann noch gerieben. Nach dem Reiben muß es schnell gehen, weil die Kartoffeln braun werden. Die Mutter füllt den Reibeteig in Stoffsäckchen, schnürt sie fest zu und ruft die Männer. Die müssen nun die Stoffsäckchen so lange drücken und kneten, bis aus den Kartoffeln kein Wasser mehr herauskommt. Ich sitze auf der Kochkiste und schaue zu, wie die Männer mit ihren Muskeln und ihren starken Händen angeben. Die Mutter prüft, ob der Teig für ihre Klöße gut genug ist, dann schickt sie die Männer, die ja nur die Brüder sind, wieder hinaus.

Weil die Mutter so viele Kartoffeln schälen muß, kauft sie eine Kartoffelschälmaschine. Das Gerät ist klein und blau und wird am Tischrand festgeschraubt. Die Kartoffel steckt auf einem Spieß und wird mit einer Handkurbel gedreht, an einem kleinen Messer vorbei, das die Kartoffel in einer Spirale ringsherum schält. Danach sieht sie aus wie ein geriffelter Kreisel. Das ist so interessant, daß sogar die Buben sich zum Kartoffelschälen anbieten. Leider ist aber die Mutter mit der Maschine gar nicht zufrieden. Sie schält zu dick und begreift es nicht, daß nicht alle Kartoffeln eine glatte Oberfläche und die gleiche Größe haben. Sie packt das Gerät weg und holt wieder die langweiligen Kartoffelschäler heraus.

Das Bohnenschnitzelgerät brauchen wir aber weiterhin. Es ist rot und funktioniert, wie es soll. Die Mutter schneidet mit einem kleinen scharfen Messer, das sie Schneidteufele nennt, von den Bohnen vorn und hinten ein kleines Stückchen ab und zieht ihnen dann auf beiden Seiten die Fäden, die sich in einem Häufchen auf dem Tisch kringeln. Aber auch dann sind die Bohnen noch ziemlich zäh. Deshalb werden sie im Bohnenschnitzelgerät so fein geschnitzelt, in dünne spitze Ovale, daß man nach dem Kochen fast gar nicht mehr merkt, wie spelzig sie sind.

Ich mag aber die spelzigen Bohnen nicht essen und meckere ein bißchen. Da sagt die Mutter, Schluß mit dem Getue, es geht euch doch so gut, ihr habt eben den Krieg nicht erlebt und macht euch keinen Begriff. Der Liebe Gott sorgt schon für uns, auch wenn es jetzt schlechte Zeiten sind. Der große Bruder erzählt vom Krieg, wie man da selbst im Winter nur in Sandalen herumgelaufen ist, so schlecht ist es ihnen gegangen. Obwohl er grinst dabei, weiß ich, ich habe kein Recht zu meckern. Wenn ich meckere, gehöre ich nicht dazu. Da höre ich lieber gleich auf.

Die Henkelgroßmutter staunt, wie schnell die Mutter ein Essen herzaubern kann, und bewundert die neuen Geräte, die die Mutter hat, aber sie will sie nicht benutzen. Sie hat einen Apfel mitgebracht, den sie schon gewaschen und abgetrocknet hat. Sie zeigt uns die Buckel oder Höcker, die der Apfel oben hat, um das kleine braune Krönchen herum, das einmal die Blüte war. Sie nimmt ein Schneidteufele von der Mutter und schneidet durch einen der Höcker, genau in der Mitte, und dann durch den ganzen Apfel durch, den sie in zwei Hälften vor uns legt. Die Spelzen vom Kernhaus, die keiner essen will, die sie nicht einmal im Krieg gegessen haben, die liegen obenauf wie kleine Schalen mit dem Kern darin. Die Großmutter hebt sie mit der Schneidteufelespitze ganz leicht heraus. So schneidet sie auch durch die anderen Höcker. Wir bekommen Apfelstückchen ohne Spelzen, und sie muß von dem schönen Apfel fast gar nichts wegwerfen, außer den Spelzen und dem Krönchen und natürlich dem Stiel.

Mit dem Schneidteufele kann die Henkelgroßmutter auch Streichhölzer spalten, damit man eines zweimal benutzen kann. Aber das macht die Mutter nicht. Jetzt, wo der Krieg vorbei ist, sagt sie, will sie sich nicht mehr über Kleinigkeiten aufregen, auch wenn das Geld hinten und vorn nicht reicht.

Auf dem Tisch in der Küche steht eine Mausefalle. Die Haustochter sagt, ich darf die Mausefalle nicht anfassen, sonst schnappt sie zu. Auf dem kleinen Holzbrett ist eine dicke Drahtspirale befestigt, von der sich ein Drahtviereck nach hinten spannt. Vor der Spirale liegt ein kleines weißes Stück, vielleicht Speck. Wenn ich da mit dem Finger hinlange, sagt die Haustochter, schnappt die Falle zu und der Finger ist ab, mindestens gebrochen.

Im Bilderbuch gibt es auch eine Mausefalle, die ist aber kein Holzbrettchen, sondern ein kleiner Käfig, auch mit einem Stück Speck. Die Maus in der Falle hat furchtbar Angst, der Speck schmeckt ihr gar nicht mehr, sie hat gar nichts davon, sie schaut hinaus durch das Gitter auf den riesigen roten Kopf der Köchin, die ein kariertes Kopftuch über der dicken Stirn geknotet hat. Die Augen der Köchin und auch ihre Zähne im grinsenden Mund glitzern vor Schadenfreude über die arme Maus.

Die Haustochter sieht nicht aus wie die böse Köchin, die Mutter auch nicht. Ich will nicht daran denken, was passiert, wenn in unserer Falle eine Maus gefangen wird.

Wir feiern die Konfirmation des großen Bruders. Er ist elf Jahre älter als ich und fast so weit weg wie der Vater. Seine Konfirmation wird ein großes Fest. Es kommt die Löwengroßmutter, die Henkelgroßmutter und der Großvater, der so schlecht hört und trotzdem von uns verlangt, daß wir ihm für ein Fünferle Grein Meicherle grein vorsingen. Er sieht auch schlecht und läßt sich von der Großmutter aus einem Fläschchen in die Augen tropfen. Auch Onkel und Tanten sind eingeladen, und der Pfarrer. Die Mutter bäckt Streuselkuchen und schlägt Schlagrahm, die große Schwester muß den ganzen Tag in der Küche helfen. Ein Festessen wird gekocht, der Kloßteig vorbereitet; der Multimix röhrt, die Mutter kauft sogar zwei Flaschen Wein, was sie sonst nie tut in der schlechten Zeit. Ich bin frisch gewaschen und habe mein Sonntagskleid an, mit weißer Schürze und weißen Schuhen, die gleichen Sachen wie die Schwester, die sich darüber ärgert, weil sie zwei Jahre älter ist als ich und nicht will, daß man das vergißt. Ich vergesse das nicht, sie hat auch so schöne lange Locken, die sie jetzt, für das Fest, in Zöpfen zu einem Krönchen aufgesteckt hat, wie ich auch gern eins hätte, sie kann gar nicht mit mir verwechselt werden. Aber die anderen nennen uns immer zusammen die Mädele. Der große

Bruder stellt sich zwischen die Mädele, legt uns die Hand auf die Schultern und läßt sich so auf der Treppe vom Predigerseminar fotografieren.

Ich laufe herum in meinem schönen Kleid und schaue mir die Festtafel an, mit der weißen Tischdecke und den Messerbänkchen neben den Weingläsern und einem Blumenstrauß in der Mitte. In der Speis steht der Streuselkuchen, das Fenster ist geschlossen, diesmal kommt kein Vögele herein. Die zwei Weinflaschen stehen im Regal, mit schönen bunten Etiketten. Da ist ein Mann abgebildet, mit einem Buben über dem Knie, etwa so alt wie der Bruder, mit frechem roten Gesicht, dem hat man die Hose heruntergezogen, er streckt mir den nackten Popo her. Auf der anderen Flasche macht er es genauso. Ich hole die Mutter, die erschrickt und liest: Kröver Nacktarsch. Ich erschrecke auch, denn die Mutter sagt solche Wörter nicht. Die Buben schon. Dann lacht die Mutter, obwohl sie ein bißchen verlegen geworden ist, und stellt die Flaschen trotzdem auf den Tisch. Beim Einschenken hält der Vater die große Hand über den Nacktarsch.

3. Vom Anziehen

Am Sonntag ist das Anziehen am schlimmsten. Erst kommt das Hemd mit den Trägern, die sich immer verdrehen und verwursteln, dann die Unterhose, dann über das Hemd das Leibchen mit den Knopflochgummibändern an den Seiten. Wenn das Leibchen oft gewaschen ist, leiern die Gummibänder aus und kräuseln sich an den Rändern. Der Strumpf wird außen durch das Gummiband bis in die Nähe der Unterhose hochgezogen, innen am Bein aber wirft er Falten und hängt herunter fast bis zum Knie, darüber friert man. Hemd, Unterhose und Leibchen muß man jeden Tag anziehen, auch Strümpfe an die Gummibänder knöpfen, aber die weißen Strümpfe am Sonntag sind ganz besonders kratzig und zwicken an den Knöcheln und in den Kniekehlen. Die guten Schuhe sind eng, wo soll man neue herkriegen. Sie sind so eng, daß ich die Zehen nicht bewegen oder aneinander reiben kann, sie sind wie eingesperrt. Dann kommt das Sonntagskleid über alles und womöglich noch eine weiße Schürze. Um meinen Bauch liegen mindestens drei Gummis oder Bänder. So gehe ich in den Kindergottesdienst. Die Beine bambeln von der Kirchenbank, aber die Zehen in den Schuhen kann ich nicht bewegen. Daheim, wenn die Sachen sich zu

Würsten und Wülsten verschoben haben, kommt die Mutter und schiebt mit ihrer Hand alles wieder über- und untereinander, wohin es gehört.

Ich komme vom Garten, die Steintreppe herauf. An der Wohnungstür klingle ich dreimal, wie alle, die zur Familie gehören. Es ist immer jemand da, der aufmacht. Hinter der Tür beginnt der lange Gang, mit unzähligen Türen nach beiden Seiten, die offenstehen, so daß der Gang hell und hoch und sehr lang aussieht. Auf halbem Weg zum Bad hängt die Schaukel von der Decke, mit Ringen, links steht der große dunkle Schrank, und kurz vor der Tür zum Bad die Kommode. In der untersten Schublade der Kommode gibt es eine Schachtel voll mit Bändern und Schals. Die Bänder haben einmal Geschenke geschmückt, jetzt schmücke ich mich damit, das goldene binde ich mir um den Kopf. Dann hole ich meinen Lieblingsschal aus der Schachtel. Ich mag das Wort Schal gern. Man hört schon, wie fein und geschmeidig er ist, wenn ich ihn mir um den Hals lege oder auch als Schleier über den Kopf. Er hat die Farbe von schillerndem Wasser, von Nixenleibern, auch ein bißchen Rot dabei, mit glitzernden Silberfäden, die am ausgefransten Ende des Schals einzeln heraushängen. Ich steige auf einen Stuhl im Bad und schaue mich im Spiegel über dem Waschbecken an. Meine Haare hängen glatt und grad und sind quer über die Stirn in Simpelfransen geschnitten. Aber nun liegt das goldene Band darüber, und der Schal gibt mir Glanz.

Abends sitzen die Mutter und die große Schwester vor einem riesigen Korb und stopfen und flicken und nähen zusammen, was wir den Tag über zerrissen und zerlöchert haben. Die Mutter holt einen grauen Socken aus dem Korb und zieht ihn über eine hölzerne Halbkugel, die einmal blaugrün angemalt war, man sieht noch Reste der Farbe. Vom vielen Stopfen ist sie abgewetzt und zeigt nun das bloße Holz durch das Loch in der Sockenferse. Dann schneidet die Mutter ein Stück graue Stopfwolle ab und fädelt sie in die Nadel ein. Wenn das nicht gleich klappt, macht sie das Fadenende mit der Zunge naß und zwirbelt es mit Daumen und Zeigefinger. Sie beginnt mit dem Stopfen neben dem Loch, wo eigentlich noch alles in Ordnung ist. Mit einer wippenden Bewegung führt sie die Nadel auf und ab, so daß der Socken Wellen schlägt, dann zieht sie an der Nadel den Faden durchs Gewebe, vorsichtig, daß nicht das Ende mit herausrutscht, sonst muß sie von vorne anfangen. Beim Stopfen macht die Mutter keinen Knoten wie beim Nähen, ein Knoten drückt im Schuh. Viele Male geht die Nadel hin und her, bis über dem Loch die Fäden gleichmäßig wie beim Baderost nebeneinander liegen. Dann dreht sich das Holz, die Nadel hebt und senkt sich quer zum Rost und schafft ein gleichmäßiges Gitter, viel schöner als das Gestrickte drumherum. Der Faden, der sich durch die Wolle zieht, macht ein ganz leises, gemütliches Geräusch. Wenn die Mutter fertig ist, schneidet sie den Faden ab, fährt mit den Fingern einmal über das Gitter und steckt die Nadel zufrieden in den Kragen ihres Kleides, worauf sie den gestopften

Socken mit dem zweiten zu einem Knäuel zusammenrollt und beiseite legt.

Die Mutter kommt von der Straße durchs Tor den Weg zur Haustür gegangen. Sie ist groß und schlank in ihrem Kostüm und hat den eleganten Hut auf, den sie immer aufsetzt, wenn sie in die Stadt geht. Damit der Hut besser hält, legt sie den Hutgummi um ihren Haarknoten. Wenn die Mutter den Hut aufhat, ist sie ein bißchen fremd. Daheim legt sie den Hut in den großen Schrank auf dem Gang und zieht zum Kochen eine Schürze an.

Wenn die Mutter es daheim nicht mehr aushält, dann sagt sie, sie wird fuchsteufelswild, oder auch Kuckucksternlatern. Wenn wir nicht brav sind, sagt sie, geht sie auf und davon.

Wir sind nicht brav. Die Mutter wird fuchsteufelswild und sagt Kuckucksternlatern. Sie zieht die Schürze aus und geht zum Schrank. Während wir auf dem Gang herumstehen, zieht sie den Mantel an, den sie aus dem Schrank geholt hat, und setzt den Hut auf, legt sogar das Gummiband um den Haarknoten. Jetzt ist es so weit. Sie geht auf und davon.

Wenn die Henkelgroßmutter kommt, hat sie immer ein Strickzeug dabei. Zum Strickzeug gehören graue Wolle und fünf silberne Nadeln, mit denen sie einen Socken nach dem andern strickt. Man muß genau hinschauen, um herauszufinden, wie es kommt, daß das Bündchen immer länger wird. Die Maschen sitzen gleichmäßig auf den vier Nadeln, die ein Viereck bilden; mit der fünften fängt die Großmutter an zu stricken, holt Wolle vom zweimal umwickelten Zeigefinger und zieht sie mit der Nadelspitze durch jede einzelne Masche. Ist die fünfte Nadel voll, dann ist die erste leer und fängt von neuem an zu stricken, das geht rasend schnell und klappert ganz gleichmäßig, während die Großmutter mit den anderen redet oder aus dem Fenster zur Pegnitz hinunter schaut. Ich weiß, wie der Socken aussehen wird, wenn er über dem Stopfholz liegt.

Wenn die Henkelgroßmutter nicht da ist, erzählt die Mutter, wie die Großmutter früher im Bubenreuther Pfarrhaus für den Großvater und den Vater und seine vielen Geschwister das Essen gekocht hat. Mit dem Kochlöffel in der linken Hand rührte sie die Suppe, sagt die Mutter, in der rechten hatte sie einen Bleistift, mit dem schrieb sie die Gedichte, die ihr beim Rühren einfielen, in ein Heft neben dem Herd. Oft, während sie schrieb, hat sie vergessen, zu rühren. Wenn die Mutter vom Kochen der Großmutter erzählt, hört man, daß es zu bewundern ist, wenn jemand gleichzeitig kochen und dichten kann, daß die Suppe davon aber nicht besser wird, wenn man sie nicht gleichmäßig rührt.

Der große Bruder hat mich auf seine Schultern gesetzt, ich soll im Bad in den Spiegel schauen. Ich sitze gern auf seinen Schultern, weil ich dann groß bin, aber in den Spiegel schauen will ich nicht. Ich habe das goldene Band nicht über den Simpelfransen und den schillernden Schal nicht um den Hals gelegt, damit ich schön bin. So mag ich mich nicht im Spiegel sehen. Ich drehe den Kopf weg und zapple auf den Schultern des Bruders, bis ich hinunterfalle auf den Steinboden. Eine Weile lang liege ich im Bett und finde das Wort Gehirnerschütterung zum Lachen. Der Vater hat bei seinem Unfall auch eine Gehirnerschütterung gehabt. Das Kopfweh vergeht nach ein paar Tagen, aber die Nase bleibt dick und geschwollen.

Die Brüder kündigen mir für den Fall, daß ich mich nicht um Besserung bemühe, das Tragen eines Nasenschoners an. Ich stelle mir unter einem Nasenschoner ein Gerät aus Metall vor, stählern wie das Gehäuse des Multimix, mit einem Knick in der Mitte, so daß es über die geschwollene Nase paßt. Mit einer Reihe von Schrauben, die auf beiden Seiten herausstehen, wird die Nase wieder in Form gepreßt. Das kann sich über Wochen und Monate hinziehen, sagen die Brüder.

Die Amerikaner schicken ein Paket. Das ist nett von den Amerikanern, und wir freuen uns, wenn wir auch sonst die Amerikaner blöd finden und ihr Englisch schrecklich. Jetzt helfen sie uns in der schlechten Zeit. In dem Paket sind sehr merkwürdige Dinge drin, Tüten und Päckchen ganz anders, als wir sie kennen. Die Mutter freut sich trotzdem, endlich gibt es wieder Kaffee. Das Paket, das die Amerikaner geschickt haben, ist riesengroß, es enthält nicht nur Sachen zum Essen, sondern auch zum Anziehen. Wir holen etwas Rotes heraus, es ist ein Winteranzug, knallrot und pelzig, wie dicker Plüsch, wir haben so etwas noch nie gesehen, Hose und Oberteil in einem Stück, mit einer Kapuze dran und Knöpfen vorne von oben bis unten. Der Anzug paßt der Schwester genau, sie hat sowieso nichts Warmes für den Winter, die Mutter ist eine Sorge los. Aber so etwas Rotes, Plüschiges gibt es in ganz Nürnberg nicht. Die Straßen und die Häuser sind grau, und die Leute haben alte dunkle graue Sachen an. Wenn die Schwester draußen wie ein roter Teddybär durch die Straßen läuft, dreht sich jeder um und lacht. Die Brüder nennen sie Roter Kloß. Darum will die Schwester den Anzug nicht mehr anziehen, aber sie muß, weil sie nichts anderes hat, wenn es kalt ist. So schaut aus der roten Kapuze, über die alle lachen, ein Muffgesicht.

Die Schwester Rosa hat immer eine Haube auf, die ist weiß mit steifen Falten am Hinterkopf und einer Schleife unter dem Doppelkinn. Keiner weiß, ob die Schwester Rosa überhaupt Haare hat, von den wenigen abgesehen, die sich unter dem Haubenrand hinziehen. Sie trägt ein langes, dunkelblaues, fast schwarzes Kleid mit schwachen weißen Tupfen, und schwarze Schuhe. Keiner ist so angezogen wie die Schwester Rosa, außer der Schwester Babette, die sieht genauso aus, bloß ein bißchen kleiner und dicker. Sie arbeitet in der Küche, während die Schwester Rosa im ganzen Haus und auch im Garten herumläuft. Wenn die Mutter von der Schwester Rosa spricht, hört man, daß sie ihr zwar auf die Nerven geht, daß wir der Schwester Rosa aber trotzdem folgen sollen.

Ich pflücke Stiefmütterchen im Garten. Die Stiefmütterchen wachsen auf dem Beet am großen Weg entlang und sind von der Schwester Rosa gepflanzt, damit der Weg schöner aussieht, aber ich pflücke sie trotzdem, weil sie Blüten wie weiche Gesichter haben, die sie ein bißchen seitwärts neigen, und mich so vertraut anschauen in allen möglichen Farben, dunkelblau, samtrot, sonnengelb, und weil man so schöne Blumen für sich haben und in der Hand festhalten möchte.

Da kommt die Schwester Rosa groß und schwarz aus der Tür in den Garten gegangen. Ich stecke die gepflückten Stiefmütterchen mit ihren Stielen zurück in die feuchte Erde, aber in der Eile die gelben zu den roten, und die roten zu den blauen. Ich kann es sehen, und so wird es auch die Schwester Rosa sehen und sich nicht täuschen lassen. Ich hoffe zwar, daß die Stengel in der Erde wieder anwachsen, aber ich glaube es nicht.

Auf dem Gang stehen die Türen vom großen Schrank offen. Ich schaue hinein in das dunkle Loch. Oben hat der Schrank ein Brett, wo die Hüte von Mutter und Vater liegen. An der Stange darunter hängen Mäntel, schwer und dunkel und schwarz, ganz dick und dicht aneinander, wenn man da drin wäre, hätte man gar keinen Platz zum Atmen. Tief aus den Schrankecken stinken Mottenkugeln. Vielleicht ist in den Ecken der Teufel drin, den man ja nicht sieht. Ich stelle mir vor, wie furchtbar es wäre, wenn mich die Mutter da hineinschieben würde und von außen den großen Schlüssel herumdrehen würde und es wäre stockdunkel da drinnen und ich würde erst schreien, daß sie aufmachen soll, aber das täte sie nicht, und dann würde ich ersticken zwischen den Mänteln und den Mottenkugeln. Da käme mir die Mutter wie eine böse Hexe vor. Ich will nicht daran denken, daß es sein könnte, daß sie mich doch einmal in den Schrank gesperrt hat.

Die Waschküche ist drunten im Keller. Sie ist groß und dunkel und grau und voller Zinkwannen und Bottiche. Die Schöpfeimer haben senkrechte Griffe aus ausgewaschenem Holz. Die Mutter und die Haustochter waschen Socken in der Wanne, die sie auf einen Holzbock gestellt haben, damit sie sich nicht so tief bücken müssen. Die Seifenlauge wimmelt von Socken, die sie einen nach dem andern herausfischen, zwischen den Fäusten rubbeln, dann, indem sie mit der Hand tief ins Innere greifen, umdrehen, noch einmal rubbeln, ausdrücken und in die Nachbarwanne mit dem klaren Wasser werfen.

Im großen Kessel wird die weiße Wäsche erhitzt. Wenn sie kocht, wird sie mit einem riesigen Kochlöffel gestoßen und umgerührt, sonst werden die Unterhosen und die Tischtücher, die ja auf beiden Seiten vollgesukkelt sind, nicht sauber. Anders als in der Wohnung darf man in der Waschküche Wasser auf den Boden kippen, das fließt dann milchig-grau, mit schmutzigen Schaumbläschen, manchmal auch noch dampfend in den Abfluß. Zwischen den Pfützen kleben getrocknete Seifenreste, der große Kochlöffel faßt sich schmierig an. Eigentlich ist die Waschküche ziemlich dreckig. Trotzdem sind die Tischtücher wunderbar weiß, wenn sie von der Leine geholt werden und die Mutter sie oben in der Wohnung mit der Haustochter fürs Bügeln herrichtet. Dazu stellen sie sich weit auseinander, nehmen ein Eck des Tischtuchs in jede Hand und raffen noch ein Stück vom Rand in die Faust. Dann wird gezogen, hin und her, es sieht aus wie ein Kampf, ein Zerren und Ziehen, als wollte eine der andern den Stoff entreißen. Die Haustochter lacht und läßt ihr Ende fahren, so daß die Mutter stolpert und schimpft. Wenn sie genug gezogen haben, wird das Tuch eingesprüht und Kante auf Kante zusammengelegt, damit es beim Bügeln einen schönen scharfen Längsknick bekommt.

Die Anzüge des Vaters werden nicht gewaschen, sondern gebürstet, manchmal auch mit dem Teppichklopfer geklopft. Der Vater hat mit Andacht, Kandidaten und Kirche zu tun, mit Wörtern wie Genesis und Exegese, dafür braucht er schwarze Anzüge, die die Mutter ans Fenster hängt und mit der Bürste und einem feuchten Tuch reinigt. Er hat auch einen Talar mit Schultern aus Samt, von denen der Stoff in engen Falten bis zu den Füßen hinunterreicht. Wenn der Vater im Talar durch die Kirche zum Altar geht, sieht man nur seine Schuhe und manchmal die Socken, die die Mutter in der Waschküche gewaschen hat. Was er unter dem Talar anhat, weiß keiner. Um den Hals hat er das Beffchen gebunden, das sieht aus wie zwei weiße Tasten auf dem Klavier. Vor der Predigt in der Kirche wird immer ein Lied mit mindestens drei Strophen gesungen, damit der Vater Zeit hat, in seinem Talar ganz feierlich, aber auch vorsichtig, indem er mit der Hand, die nicht die Bibel trägt, den Saum vorn ein wenig anhebt, auf die Kanzel zu steigen. Ich bin jedes Mal erleichtert, wenn er droben ist und seine Zettel aus der Bibel genommen und richtig hingelegt hat, bevor die Orgel aufhört. Was passieren würde, wenn er einmal nicht fertig wäre, kann ich mir nicht vorstellen.

Der große Bruder und die große Schwester veranstalten einen Ball. Das Wohnzimmer wird leergeräumt, das Parkett läuft frei über den Boden, längs wie Zickzackwellen, quer wie ein spitzer Schiffsbug neben dem anderen. Ich habe noch nie einen Ball gesehen. Sie sagen, daß die Paare aus der Tanzstunde kommen und hier tanzen werden, in unserem Wohnzimmer, auf dem Zickzackparkett. Von einem Ball weiß ich nur aus dem Märchen, wo das Aschenputtel von der verstorbenen Mutter unterm Baum oder am Grab ein Ballkleid bekommt, das aus einer Nußschale herausrauscht, glitzernd und glänzend mit gebauschtem Rock über den goldenen Schuhen und die Schleppe über den Boden wischend, während sie, so schön, wie die Sonne noch nie etwas gesehen hat, unter strahlenden Kerzenleuchtern durch den Saal fliegt. Die große Schwester hat tatsächlich ein neues Kleid an. Es ist nicht wie das Kleid vom Aschenputtel, es reicht nicht einmal bis zum Boden herunter, aber es ist doch schöner als alles, was die Schwester sonst trägt. Es hat einen Ausschnitt und keinen Gürtel, sondern ist durchgenäht von oben bis unten, an der Taille schmal und unten wie eine Glocke aufgehend. Die Stoffbahnen glänzen wie Schlangenhaut, sie wechseln die Farbe im Licht. Wenn das Kleid Fransen hätte, wäre es fast so schön wie mein Lieblingsschal. Ich habe aber keine Taille wie die große Schwester.

Der Ball fängt an. Die Paare klingeln, nur einmal, weil sie nicht zur Familie gehören, und kommen herein, Musik ertönt, wie ich sie nicht kenne. Ich stehe an der Tür und schaue in das fremde ausgeräumte Zimmer und warte, daß die Paare endlich so tanzen wie beim Aschenputtel. Aber sie laufen nur zu zweit hin und her, manchmal schnell, manchmal langsam, sie drehen sich auch, aber sie bleiben fest und schwer auf dem Parkett, Anzugbein neben dicker Wade im Perlonstrumpf, das will ich nicht tanzen nennen. Ein echter Ball ist das nicht.

Ich bin aus dem Mittagsschlaf aufgewacht. Es ist Sommer und sehr warm, ich bin nackig. Der Bruder und die Schwester sind schon fertig angezogen und haben keine Zeit mehr, auf mich zu warten. Sie gehen hinunter in den Garten, während ich versuche, mich anzuziehen, so schnell es geht. Sie laufen vielleicht in die Ökonomie, um beim Füttern der Kühe zuzuschauen, oder zum Sandkasten, wo die Zwerge endlich eingetroffen sind und ihnen Bonbons schenken. Die Unterhose hat ein Loch für jedes Bein und eins für den Bauch, aber ich weiß nicht, welches welches ist. Das kann ich jetzt so schnell nicht herausfinden, schon gar nicht, wenn ich nur auf einem Bein stehe. Vielleicht klettern sie auch hinunter in den unterirdischen Gang und sind weg, bis ich komme; wenn ich allein am Schutteingang stehe, trau ich mich nicht hinein. Ich setze mich auf den Holzboden, aber auch im Sitzen finde ich den Einstieg in die

Unterhose nicht, sie ist inzwischen zu einem ganz undurchschaubaren Knäuel gerollt. Oder der Bruder und die Schwester haben sich etwas ganz anderes, etwas ganz Neues ausgedacht, sie gehen irgendwohin, wo ich noch nie gewesen bin, wo ich sie nicht finden kann, ich bleibe allein zurück. Womöglich erzählen sie dann davon, es war wunderschön, vielleicht besonders schön, weil ich nicht dabei war. Oder sie kommen überhaupt nicht mehr zurück. Ich lasse die Unterhose liegen, wo sie ist, auf dem rauhen warmen Parkett in der Sonne, renne den langen Gang entlang, am Schrank und an den vielen offenen Türen vorbei, aus der Wohnung und ins Treppenhaus hinunter, über die Stufen, die auch an dem warmen Sommertag immer noch kalt sind, bis zu der Tür, die in den Garten führt. Ich sehe die Geschwister den Weg hinunter zur Wiese laufen. Sie sind schon weit weg, ich sehe nur ihre Rücken. Ich komm gleich, rufe ich, so laut ich kann, nackig von der Tür den Geschwistern hinterher. Da kommt die Mutter und nimmt mich unter den Arm und hinauf in die Wohnung, an den auf der Treppe lachenden Kandidaten vorbei, die die Situation, da ich Eva heiße, sagen sie, völlig in Ordnung finden.

4. Von der Sommerfrische

In der Sommerfrische gibt es statt Betten ein Matratzenlager, zu dem man über eine Leiter hochklettert, und keinen Wasserhahn im Haus. Wir sind in die Sommerfrische gefahren, weil der Vater seinen Unfall gehabt hat, wo er mit dem Kopf aufs graue Pflaster gefallen ist, und müssen ihn deshalb besonders schonen.

Die Buben werden von der Mutter zum Wasserholen geschickt. Sie stellen einen Blechtopf, der mindestens so groß ist wie der Kessel in der Waschküche daheim, auf einen Leiterwagen. Durch die Deichsel ist ein Holzgriff gesteckt für eine Hand auf jeder Seite. Auf dem Weg zum Brunnen, wenn der Wassertopf noch leer ist, kann einer der Buben allein mit seinen beiden Händen den Wagen ziehen, ich laufe mit der Schwester hinterher. Die Pumpe am Brunnen hat einen schweren eisernen Schwengel, den nur so Starke wie die Buben aus der Luft holen und mit ihrer Kraft so tief herunterdrücken können, daß das Wasser aus dem Rohr geschossen kommt, wie ausgeatmet, in langsamen Schüben. Sie pumpen den Wasserkessel voll und setzen den Deckel darauf. Auf dem Heimweg müssen sie beide vorn an der Deichsel anfassen, jeder mit einer Hand, wenn sie den jetzt schwer beladenen Leiterwagen ziehen, und dabei, ohne sich zu streiten, gleichmäßig nebeneinander laufen, sonst wackelt der Topf und das frisch gepumpte Wasser schwappt heraus, oder der Topf fällt um, dann ist alles aus. Im Blockhaus wartet die Mutter auf das Wasser, das sie zum Kochen und Spülen braucht. Manchmal macht sie uns ein Fingerspiel vor zu dem Spruch: Zwei Mädchen gehen Wasser holen, zwei Buben helfen pumpen. Jetzt weiß ich, was das heißt, obwohl wir Mädele eigentlich nur hinterher gelaufen sind.

Im Wald ist niemand außer uns. Jemand aus Bobengrün hat erzählt, im Wald, der hier Frankenwald heißt, gibt es Füchse. Ich möchte keinem Fuchs begegnen. Im Bilderbuch von der Häschenschule grinst der Fuchs gemein aus seinem roten Fell und ist besonders gefährlich, weil er trotz seiner scharfen Zähne freundlich tut und so, als ginge es ihm schlecht. Wenn es jemand schlecht geht, muß man ihm eigentlich helfen, nur dem Fuchs nicht, denn der ist gemein und gefährlich. Hätte die Häschenmutter den Kindern nicht vorher von der Gemeinheit des Fuchses erzählt, dann hätten sie den Unterschied gar nicht bemerken können; dann hätten sie wahrscheinlich gedacht, sie müssen dem Fuchs helfen, weil es ihm schlecht geht. Und dann wäre es ihnen schlecht ergangen.

Wir bauen da, wo es am schönsten ist, auf dem Moosboden unter hohen Tannenbäumen, ein Häuschen, nicht für uns, sondern für ganz Kleine, vielleicht kommen die Zwerge auch hierher in den Frankenwald. Wir suchen oder brechen uns vier gleich lange Äste mit Gabeln und stecken sie als die vier Ecken ins Moos, so, daß die Gabeln nach oben stehen. Von Gabel zu Gabel werden nun Stöckchen im Rechteck gelegt, und dann noch ein paar längs, so wie beim Socken, den die Mutter stopft. Das schönste, glatteste, weichste Moos, das wir finden können, das heben wir vorsichtig vom Waldboden ab und legen es als Dach auf unser Stöckchengitter. Auch die Wände bauen wir aus Moos oder auch aus Rindenstücken, wenn wir welche finden. Aus Tannenzapfen machen wir Möbel, Eichelkäppchen sind die Tassen auf dem Tisch. Vorne lassen wir das Häuschen offen, wir wollen ja sehen, wie es drinnen aussieht, nachdem wir alles so schön eingerichtet haben. Die wichtigen Arbeiten machen natürlich der Bruder und die Schwester. Ich darf Tannenzapfen holen, aber für die Dachkonstruktion bin ich zu tappig.

Jemand nimmt uns im Auto mit zur Zonengrenze. Wir steigen aus und sehen über einen Abhang hinunter und auf der anderen Seite des Tales einen hohen Zaun, Stacheldraht an Stangen, die oben gebogen sind, mit einem breiten hellen Streifen davor, der sich hügelauf, hügelab quer durch die ganze schöne Landschaft vor uns zieht. Da ist auch ein Turm, der aussieht wie ein hoher Jägersitz. Hinter dem Zaun gehen Männer mit Helmen und Gewehren hin und her, das sind Soldaten, sagt der Vater, Russen. Die Russen haben große Hunde, die sie an der Leine führen, während sie auf und ab gehen. Wir haben Angst vor den Hunden und erst recht Angst vor den Russen. Die Stimme des Vaters klingt nicht so wie sonst, wenn er das Tischgebet spricht oder von seiner Wanderung nach Erbendorf erzählt. Auch die Mutter redet so, daß ich weiß, die Zonengrenze ist etwas Schlimmes, ich weiß aber nicht genau, was. Es ist etwas, das die Eltern gar nicht schön finden. Sie können es aber auch nicht ändern. Das ist nicht wie sonst, wo die Eltern alles wissen und alles können und es uns dann sagen, aber die Zonengrenze ist nicht in ihrer Macht. Deswegen habe ich Angst davor. Auf keinen Fall darf man den Russen trauen. Warum, sagen die Eltern nicht. Oben auf dem Turm steht ein Russe, der hat, wenn wir das aus der Entfernung richtig sehen, sein Fernglas inzwischen an die Augen gehoben und schaut uns an, wie ein Jäger die Rehe. Ich habe Angst, daß der Russe mich mit seinem Fernglas, so wie der Liebe Gott mit seinem dreieckigen Auge, erkennen und für schuldig befinden kann, daß ich mich zu weit vorgewagt habe. Hinter der Zonengrenze ist die Ostzone, sagen die Eltern. Sie reden über die Ostzone wie über den Krieg, von dem ich mir keinen Begriff mache. Aber der Wald, der den Hügel der Ostzone hinaufwächst, sieht genauso aus wie der Wald, in den wir unser Mooshäuschen gebaut haben.

Zum Schwarzbeersammeln geht die ganze Familie am Nachmittag in den Wald. Die Mutter hat eine oder auch zwei große Milchkannen dabei mit klappernden Deckeln, die wollen wir füllen. Ich habe eine kleine Blechtasse, in die pflücke ich meine Beeren hinein. Wenn eine Beere besonders blau und saftig zwischen den hellgrünen Blättchen glänzt, schiebe ich sie gleich in den

Mund. Das Pflücken ist nicht einfach, die Beeren fallen so leicht aus den Fingern zwischen die Tannennadeln unter den Schwarzbeersträuchern, oder hängen so fest an ihren winzigen grünen Stielchen, daß man sie nicht abzupfen kann, ohne sie ein bißchen zu zerquetschen. Wenn meine Tasse voll ist, renne ich zur Mutter, wo die große Kanne steht, und kippe vor ihren Augen meine kleine in die große Menge. Die Beeren perlen mit einem weichen Rasseln in die Kanne und bilden ein kleines Häufchen auf dem, was schon darin gesammelt ist. Manchmal komme ich auch, wenn sie erst halb voll ist, um meine Tasse in die Kanne zu schütten. Die Mutter hat kein Täßchen, sie läßt ihre Beeren gleich aus der Hand in die Kanne rollen. Sie ist eine Erwachsene, es ist ihr gleichgültig, wenn sich ihre Arbeit ohne Lob und unsichtbar mit dem Ganzen vermischt.

Am Abend im Blockhaus essen wir die Schwarzbeeren mit Zucker und frisch geschlagenem Schlagrahm vom Bauern. Unsere Hände sind noch blau vom Pflükken, auch die Zähne sind blau, wenn wir reden oder lachen. Und wir lachen natürlich über die blauen Zähne der andern. Wenn etwas übrig bleibt, kocht die Mutter die Beeren zu Kompott. Dabei werden die Beeren so dunkelrot, daß sie fast schwarz sind und man endlich weiß, warum sie Schwarzbeeren heißen.

In Bobengrün ist ein Gemeindefest, und weil das Blockhaus, in dem wir zur Sommerfrische wohnen, der Gemeinde gehört, sind wir eingeladen. Die Geschwister spielen ein Stück vor, das die Henkelgroßmutter gedichtet hat. Wahrscheinlich hat sie es beim Suppenkochen gedichtet und jedesmal, wenn ihr ein Reim eingefallen ist, das Rühren unterbrochen, um den Vers ins Heft neben dem Herd zu schreiben. Wenn sie bei der Suppe geblieben und damit zufrieden gewesen wäre, hätten die Geschwister jetzt kein Theaterstück.

Das Stück heißt Schuster, bleib bei deinem Leisten. Der große Bruder spielt den Schuster, der immerzu jammert, weil ihm das ewige Schustern zu langweilig und zu mühsam ist. Auch die große Schwester, die seine Frau spielt, schafft es trotz einer langen Rede nicht, daß er endlich mit seinem Leben zufrieden ist. Da wird der Schuster über Nacht, durch ein Wunder, König. Am Anfang ist alles tatsächlich wunderbar, er bekommt eine Krone aus Goldpapier, Bedienung, Schlafrock und herrliches Essen. Dann aber soll der Schuster regieren, was, wie sich schnell herausstellt, noch viel mühsamer und schwieriger ist, als Schuhe über den Leisten zu schlagen. Von allen Seiten wird etwas von ihm verlangt, was er nicht weiß und nicht kann. Zum Königsein ist er einfach zu dumm. Da ist er doch in seiner Schusterwerkstatt viel besser aufgehoben, wohin er reumütig zurückkehrt, zu seiner lieben Frau.

Das Publikum hat bei den lustigen Stellen viel und laut gelacht und klatscht am Ende lange Beifall, während sich die Darsteller verbeugen. Es ist kaum zu glauben, daß sie meine Geschwister sind. Auch der zweite Bruder hat eine Rolle in dem Stück, aber ich bin noch zu klein. Ich will auch niemals König werden. Aber schade ist es doch, daß der Schuster sein Wunder so verschwendet hat.

Im Wald gibt es auch Preiselbeeren zum Sammeln, sie haben dunklere, härtere Blätter als die Schwarzbeeren und sind leuchtend rot und so fest, daß man sie roh nicht essen mag. Die Preiselbeeren wachsen dort, wo der Wald lichter wird und die Sonne heiß auf die Sträucher zwischen dem Heidekraut hinunterbrennt. Ich habe keine Lust mehr zum Beerensammeln, es sind nur so wenig rote zu finden, und die unreifen gelten nicht, sagt die Mutter. Ich lege mich ins Heidekraut, das ein bißchen durch mein Kleid sticht, und rieche die Wärme in der Lichtung. Die Föhren wachsen aus der Heide steil in den Himmel und lassen die weißen Wolken in aller Ruhe um ihre Wipfel ziehen. Die Sonne scheint so hell, daß ich die Augen zumachen muß. Jetzt höre ich ganz laut das Brummen und Summen der Bienen um mich herum. Ich kann hören, ob sie kommen oder wegfliegen, ob sie nah bei mir oder weiter weg sind. Aber ich kann nicht eine von der anderen unterscheiden. Alle zusammen brummen sie die ganze Heidelichtung voll. Es sind viele, mehr als eine Familie, unzählige.

Wir machen einen Ausflug, eine richtige Wanderung. Die Mutter packt den Rucksack mit den Lederriemen, in deren Löcher die Spießchen der silbernen Schnallen passen. Sie packt Brote und ein paar Zwetschgen ein, dazu eine Blechflasche mit Tee. Dann wandern wir los. Zuerst geht es durch den Wald, wo es nach den Tannennadeln riecht, auf denen wir so weich dahinlaufen. Dann kommen wir ins Freie und sehen den Weg in der Sonne vor uns, wie er sich ganz weit durch die fernen Felder zieht, mit zwei steinigen Spuren und einem in der Sommerhitze vertrockneten Grasstreifen in der Mitte. Sehr bald habe ich Durst. Aber ich bekomme nichts zu trinken, weil richtige Wanderer nur ganz selten trinken, wenn überhaupt. Der große Bruder trägt den Rucksack auf dem Rücken und geht voran. Wie weit es noch ist, sagen die andern nicht. Wir singen Wanderlieder, trotzdem werde ich so durstig, daß ich es nicht mehr aushalten kann. Aber wir müssen noch durch viele gelbe staubige Kornfelder wandern, wo man schon vom Hinschauen Durst bekommt. Erst bei der Rast gibt es etwas zu trinken, aber nur einen Schluck, mehr nicht, wir sind so viele und haben nur eine Flasche dabei. Die Mutter gibt mir eine Zwetschge und sagt, ich soll den Kern aufheben und darauf herumlutschen, wenn ich Durst habe, das hilft. Aber das stimmt nicht, bald habe ich wieder Durst und der Kern nützt gar nichts, aber wie soll ich ihr das sagen.

Der Weg führt durch einen Bauernhof, wo schon von weitem ein Hund bellt. Ich denke an die bösen Hunde von Ullersricht, die ihren Hof so streng bewachten, daß sie jeden Fremden umwarfen und sich zähnefletschend über ihn stellten, so daß er von unten in die triefenden Lefzen schauen mußte. So hat es die Mutter als Kind erlebt und uns erzählt. Im Märchenbuch haben die Hunde Augen so groß wie Tassen, Wagenräder oder Kirchtürme. Es gibt aber keinen anderen Weg als durch den Hof. Der Vater holt sich einen Stock, wir bleiben dicht zusammen hinter ihm. Der Hund bellt und knurrt, aber er tut uns nichts. Niemals könnte ich durch einen Bauernhof gehen, wo ein Hund bellt, ohne den Vater.

Die Brüder holen Wasser mit dem Leiterwagen und nageln alle möglichen Sachen zusammen; sie raufen und boxen auch manchmal; sie hacken Holz und machen Handstände. Wenn sie, weil es heiß ist in der Sommerfrische, ihre Hemden ausziehen, oder morgens mit dem kalten Wasser aus dem Kessel ihren Bauch waschen, dann sieht man ihre Muskeln. Sie biegen den Unterarm hoch und ballen die Faust, damit die Muskeln sich richtig rund und dick nach oben wölben. Ich möchte auch so schöne Muskeln haben. Aber meine Arme sind ganz normal, mit ein bißchen Speck, Muskeln sieht man keine. Ich weiß nicht, ob das davon kommt, daß ich ein Mädele oder daß ich noch so klein bin. Ich frage die Brüder, wie man Muskeln bekommt. Sie lachen und geben mir einen Stock in die Hand. Wir gehen zusammen zum Holzklotz, wo das Holz gehackt wird. Wenn ich jeden Tag, so sagen sie, mit dem Stock tausendmal auf den Holzklotz haue, dann kriege ich auch so schöne Muskeln wie sie. Ich schäme mich ein bißchen, solange sie herumstehen. Sobald sie aber weg sind, fange ich an, mit dem Stock auf den Klotz zu schlagen, und zähle mit, so weit ich kann. Bis tausend kann ich noch gar nicht zählen. Aber ich höre schon bei dreiundsiebzig auf, weil ich lieber keine Muskeln habe, als immer mit einem Stock auf einen Klotz zu hauen.

Wenn der Vater mit uns auf den Waldausflug geht, suchen wir Pilze. Semmelpilze und Rotfußröhrlinge sind leicht zu finden, aber die sind nichts Besonderes. Ein

Maronenröhrling ist schon besser. Wenn wir glauben, wir haben einen guten Pilz gefunden, rufen wir den Vater. Der kommt und schaut sich den Pilz an und holt, wenn er ihn brauchen kann, sein Taschenmesser heraus, klappt es auf und sägt den Pilz dicht über dem Nadelboden ab. Dann nimmt er ihn am Stiel in die Hand und erklärt uns, wie wir die schlechten von den guten Pilzen unterscheiden können. Pilze mit Lamellen unter dem Hut dürfen wir nicht mitnehmen, die sollen wir am besten gar nicht anfassen, weil sie so gefährlich sind. Der Knollenblätterpilz zum Beispiel ist ein ganz heimtückischer Pilz, wenn man von dem nur den Hut ißt, kann man schon sterben, auch der Fliegenpilz ist tödlich giftig, obwohl er so schön leuchtet wie im Märchenbuch. Nur mit dem Reizker macht der Vater eine Ausnahme, der ist unverwechselbar mit seinem orangenen Saft, aber nur der Vater darf ihn mitnehmen, für uns bleiben Lamellenpilze verboten. Am besten ist überhaupt, wir fragen immer den Vater. Der Maronenröhrling, den er in der Hand hält, hat eine samtigbraune Kappe und läuft blau an, wenn man ihn drückt oder anschneidet, wie das der Vater jetzt tut, um eine wurmige Stelle zu entfernen oder ein braunes Loch, das eine Schleimschnecke hineingefressen hat.

Der Steinpilz ist der König der Pilze, deshalb findet man ihn nur selten. Der Steinpilz sieht aus wie ein Stein und ist ganz einfach zu erkennen, den kann man höchstens mit dem Gallenröhrling verwechseln. Am meisten aber freut sich der Vater, wenn er am Weg, unter Pappeln, eine Rotkappe findet, oder gleich zwei nebeneinander, mit dicken weißen Stielen, die wie Birkenstämme aussehen, und ihrem rotbraun schon aus der Ferne leuchtenden Hut.

Wenn wir durch dunkleren Wald gehen, an einem Dickicht entlang, wo eng beieinander die jüngsten Bäumchen wachsen und die Luft feucht und moosig riecht, dann deutet der Vater mit der großen Hand in die Tännchen, da sollen wir hineinkriechen und suchen. Und tatsächlich, ein paar Meter neben dem Weg, im Moos zwischen den niedrigen Zweigen, da stehen die Pfifferlinge in gelben Kreisen, als ob sie auf uns gewartet hätten, große und kleine, wie ein Wunder, wir brauchen den Segen nur einzusammeln.

Im Blockhaus kocht die Mutter aus den Pilzen ein Gericht, das so rund und reich und nach warmen Farben duftet, daß man alle die unterschiedlichen Pilze, die wir gesammelt haben, zwischen Nadeln und Moos auf dem Waldboden vor sich sieht und sich erinnert, wie stolz wir waren beim Finden. So etwas Gutes wie ein Pilzgericht ist besonders kostbar in der schlechten Zeit, sagt der Vater. Einmal muß die Mutter so ein Pilzgericht wegwerfen, obwohl es auch so gut gerochen hat und wir schon Hunger haben vom Mitriechen. Sie hat es probiert, man sieht es ihrem Gesicht an, wie bitter es schmeckt und wie leid es ihr tut um das schöne Essen, sie hat sogar Petersilie und etwas Schlagrahm hineingetan. Da ist es dem Vater doch passiert, was ich mir eigentlich nicht vorstellen kann, daß er einen Gallenröhrling für einen Steinpilz gehalten hat. Wir schauen zu, wie die Mutter das Pilzgericht, obwohl es eine Sünde ist, gutes

Essen wegzuwerfen, hinter dem Blockhaus aus dem Topf in die Wiese kippt.

Man hat mich auf den Gepäckständer des Fahrrads gesetzt, ich sitze auf einem Kissen, die Beine stehen zu beiden Seiten ab in die Luft. Wir fahren nach Bad Steben. Vor mir auf dem Sattel sitzt die Mutter und drückt mit ihrem Gewicht die Sattelfedern zusammen, an denen ich mich festhalte. Die Federn sind ganz dicke silberne Spiralen. Wenn das Rad mit seinen Reifen über einen Stein oder durch ein Loch fährt, hüpft die Mutter vor mir auf und ab, die Federn unterm Sattel drücken sich mit einem behaglichen Knirschen zusammen, aber nie so weit, daß kein Zwischenraum mehr bliebe, dazu sind sie zu stark. Unter mir der Reifen malt seine Spur in den sandigen Weg mit einem richtigen Reisegeräusch.

Die Mutter vor mir hat ihr schönes Spaghettikleid an, das ist aus hellem leichten Stoff mit sich kreuzenden roten, weißen und blauen Strichen, die wir Spaghetti nennen. Der Saum des Kleides weht beim Fahren nach hinten fast bis zu mir. Über dem Kragen sehe ich ihren Haarknoten, den sie mit dicken Nadeln aus Horn am Hinterkopf feststeckt. Ich nehme die Hände von den metallenen Federn und halte mich an der Mutter selber fest, unterhalb des weißen Gürtels lege ich die Hände auf ihre Hüften, wo ich spüre, wie sich ihre Beine bewegen beim Treten der Pedale. Dann sind wir in Bad Steben.

5. Vom Spielen

Im Kinderzimmer haben wir Puppen zum Spielen, und auch Möbel für die Puppen, aus runden Stäben und Sperrholzplatten gebaut. Aus dem Sperrholz sind die Sitzflächen der Stühlchen, die Tischplatte und die Liegefläche des Gitterbettchens gesägt, die Stäbe als Stuhl- und Tischbeine und Bettgerüst eingefügt und mit feinen Nägeln befestigt. Alles ist mit hellgrüner Farbe gestrichen, durch die man noch die Rauheit des Holzes spüren kann. Die Puppenmöbel, sagt die Mutter, hat der Vater gemacht.

Wir holen die Puppen aus dem Bett und ziehen ihnen Kleider an, die die Mutter oder die große Schwester genäht haben. Das schönste Kleid ist rot mit weißen Punkten, der Stoff dabei im Oberteil mit schlauen Stichen so zusammengezogen, daß der Rock in richtigen Falten aufspringt. Die Puppen sind aus Celluloid, auch die Haare, und es ist gar nicht so einfach, ihre Kleider zu wechseln. Dazu muß man die Arme oder die Beine vom Körper so weit abspreizen, daß man den Gummi sieht, der die Puppe innen zusammenhält. Wenn man zu stark zieht, reißt der Gummi und die Beine liegen einzeln herum. Die fertig angezogenen Puppen setzen wir auf die Stühlchen an den Tisch. Es ärgert mich, daß sie dabei die Beine mit den Socken oder Schuhen, die wir ihnen angezogen haben, einfach so in die Gegend strecken, sie haben keine Knie, das ist nicht echt. Wir richten ihnen verschiedene Zimmer ein, Eßzimmer, Wohnzimmer, Schlafzimmer, Küche, und räumen immer wieder um, die Schwester will es so.

Dem Bruder ist das Puppenspielen zu langweilig. Er nimmt eines der grünen Stühlchen, öffnet das große Fenster und wirft das Stühlchen hinaus. Dabei beugt er sich weit übers Fensterbrett, damit er sehen kann, wie das Stühlchen unten, zwei Stockwerke tiefer, zerschellt. Das gefällt ihm, er holt das nächste Stühlchen und das nächste. Auch wir Mädele stellen uns Stühle ans Fenster und schauen zu, wie zum Schluß noch der Tisch und das Gitterbett unten aufschlagen und in ihre grüngestrichenen Einzelteile, Sperrholzplatten und Stäbe, zerfallen.

Wenn der Bruder nicht dabei ist, spielen wir Böser Mann und Armes Mädle. Ich bin immer der Böse Mann und muß die Schwester, die das Arme Mädle ist, irgendwie quälen. Wir kippen ein paar Stühle hintereinander so auf den Boden, daß zwischen Sitz und Lehne ein schmaler Gang entsteht, da treibe ich sie durch mit einem Stock, ich sperre sie ein und bin so gemein wie möglich zu ihr. Ich würde gern einmal die Rollen tauschen und auch Armes Mädle sein, aber das geht nicht. Auch wenn wir Kreuzigung spielen, bin ich immer die Kriegsknechte und ist die Schwester der Herr Jesus. Als Kreuz nehmen wir den Holzrost aus dem Bad, der hat zwar keinen Querbalken, aber etwas Besseres haben wir nicht. Die

Schwester trägt den Rost erst eine Weile im Zimmer herum, wie der Herr Jesus auf dem Weg nach Golgatha, und während sie schwer gebeugt leidet, muß ich sie auslachen und noch auf ihr herumhauen, wie auf dem Armen Mädle. Zum Schluß kommt dann die Kreuzigung, die geht so lange, bis die Schwester den Kopf auf die Seite legt und verschieden ist.

Ich spiele lieber Engel als Kriegsknechte. Wenn wir Engel sein wollen, ziehen wir uns Nachthemden an und binden Flügel aus Pappdeckel um. Damit kann man zwar nicht richtig fliegen, aber wir fühlen uns doch ganz leicht, wenn wir über die Federbetten schweben, die wir als weiße Wolken auf dem Boden ausgebreitet haben. Wir müssen nur aufpassen, daß die Buben uns nicht sehen, die lachen uns aus.

Wenn die Henkelgroßmutter kommt, spielen wir Kiez. Sie hat Kekse und Schokolade mitgebracht, die sie in saubere Stückchen bricht. Von den Keksen und Schokoladestückchen legt sie zehn, jedes einzelne langsam und mit Gewicht, in eine Reihe vor uns auf den Tisch. Die Henkelgroßmutter hat einen dünnen gütigen grauen Knoten hinten am Kopf, aber sie gibt uns die Kekse nicht einfach so. Während wir uns die geschichteten Waffeln mit den feinen Karos, die dunkle Glasur auf den Röllchen und das eingravierte Eszet auf den Schokoladestückchen ganz genau anschauen, weil wir so etwas nicht häufig sehen, muß einer aus dem Zimmer gehen. Die Henkelgroßmutter deutet mit dem Finger auf ein Teil in der Reihe, das sofort, sobald es zum Kiez bestimmt ist, ganz heimtückisch aussieht. Nun wird der von draußen hereingeholt und darf so lange Kekse und Schokolade von der Reihe nehmen und essen, bis er das Kiez erwischt. Dann schreien und kreischen alle »Kiez!«, so laut sie können, auch ich kreische, so schrill und laut ich kann. Das Spiel ist aus, die Reihe wird aufgefüllt, der nächste ist dran.

Wenn ich an der Reihe bin, habe ich Herzklopfen und einen heißen Kopf. Ich würde fast lieber auf die schönen Sachen verzichten, als dieses gräßliche Geschrei erleben. Ich weiß, daß das Kreischen kommt und wie es klingt, aber ich weiß nicht wann, nur die andern wissen es, sie sind eingeweiht und wissen alle Bescheid, nur ich nicht, sie schauen mir zu, wie ich herumtappe und nicht weiß, welches Stück ich nehmen soll, und grinsen und freuen sich schon aufs Kreischen. Ich weiß, daß sie wissen, ich mag die Schokolade am liebsten, also haben sie das größte Schokoladestückchen ausgewählt, vielleicht aber denken sie, da komme ich selber drauf, und nehmen das Geringste, Unscheinbarste, falls ich bescheiden tun will, oder die Henkelgroßmutter hat in ihrer vorausschauenden Güte alles überhaupt ganz anders eingerichtet. Ich kann denken und überlegen, was ich will, ich bin doch die Dumme. Sie beobachten meine Bewegungen wie der Russe mit dem Fernglas an der Zonengrenze. Ich weiß, daß es kommt, aber wenn es kommt, fährt mir das Geschrei wie Starkstrom in Arme und Beine und ich kriege die Finger gar nicht mehr weg vom Kiez.

Ich laufe aus dem Kinderzimmer den Gang entlang, am großen dunklen Schrank vorbei, unter der Schaukel durch, aus der Wohnung. Die Tür kann ich ruhig zumachen. Wenn ich dreimal klingle, macht mir immer jemand auf. Ich halte mich am Geländer fest und gehe die Steintreppe hinunter in den ersten Stock, um meinen Lieblingskandidaten zu besuchen. Ich klopfe, er sitzt am Schreibtisch zwischen Büchern und aufgeschlagenen Heften mit einem Stift in der Hand und lacht, wie er mich sieht. Wir unterhalten uns ein bißchen, dann spielen wir Hasenschießen. Der Kandidat ist der Jäger und holt seine Sockenknäuel aus dem Schrank. Ich bin der Hase und schlage Haken im Zimmer, während er mit den Socken auf mich zielt, und renne, hinter den Stuhl, unter den Tisch, in den Schrank. Ich lache die ganze Zeit, und wenn mich sein Sockenknäuel trifft, ist es ganz weich.

Im Sandkasten bauen wir eine Schusserburg. Das Predigerseminar wird umgebaut, wir haben von der Baustelle viel festen, rötlichen Sand hineingeschüttet bekommen. Zuerst häufen wir den Sand zu einem Berg auf und klopfen ihn zwischendurch mit der Rückseite unserer Spaten und Schaufeln oder auch mit der flachen Hand, die sich dann mit allen Fingern im Sand abdrückt, immer wieder fest. Wenn der Sand zu trocken wird, gießen wir mit der Gießkanne Wasser darüber. Jede neue Schusserburg versuchen wir noch fester und höher zu bauen als die letzte. Dann plant der Bruder die Schusserbahnen. Es kommt darauf an, möglichst viele, vier oder fünf, verschiedene Bahnen von der Spitze des Berges herunter möglichst kühn und verzwickt zu bauen. Wir bohren mit den Schaufelstielen Tunnel durch die Burg, wir bauen Kreuzungen und Brücken mit Hilfe von Hölzchen und Brettchen und schaffen den Weg an der Außenwand, indem wir mit der linken Hand eine Kerbe drücken und mit der rechten zusätzlich feuchten Sand ankleben. Bevor wir die Schusser rollen lassen, streichen wir mit nassen Fingern noch einmal alles glatt, damit sie nicht steckenbleiben. Unsere Schusser im Säckchen sind kleine, mit glänzender, abblätternder Farbe bemalte Tonkügelchen. Nicht alle Bahnen bestehen die Prüfung. Manchmal wird der leichte Schusser von Sandkrümeln aufgehalten oder springt über den Rand. Wenn es aber klappt, ist es großartig. Die Kugel, oben auf die Spitze gelegt und ein klein wenig angestoßen, rollt, wie sie soll, auf ihrem von uns geschaffenen Weg, verschwindet im Innern der Burg, durch dunkle Tunnels, die nur wir kennen, und tritt an unerwarteter Stelle wieder hervor, um über ein Brückchen, unter dem gerade ein zweiter Schusser schießt, in die Zielgerade einzubiegen und gehorsam im Grübchen zu landen, wo sie noch einmal kurz hin- und herschwingt, bevor sie zur Ruhe kommt. Wir holen sie mit den anderen Schussern heraus und schicken sie noch einmal auf den Weg. Wir sind die Herren der Burg.

Nach dem Abendessen ziehen wir den Vater unter den Tisch. Das ist ein Spiel zwischen den Großen und dem Vater, aber wir Kleinen dürfen mitmachen. Der Vater, der natürlich seinen Anzug anhat, sitzt auf der Bank hinter dem Tisch und tut, als ob nichts wäre. Endlich kann er sich ausruhen nach dem anstrengenden Tag. Da fangen wir an. Ein paar kriechen unter den Tisch und ziehen den Vater an den Füßen, die anderen klettern auf die Bank und schieben den Vater von oben unter den Tisch. Das ist gar nicht so einfach, denn der Vater hilft nicht mit. Der tut, als ob er gar nicht begreift, was da mit ihm geschieht, sperrt sich und ächzt und stöhnt und läßt sich nur mit großer Mühe durch den Spalt zwischen Bank und Tisch zwängen. Die Brille hat er aber doch vorsichtshalber auf den Tisch gelegt. Die eigentliche Arbeit machen die Großen, ich schiebe nur ein bißchen am Arm. Dann krabble ich unter den Tisch und ziehe an einem Fuß. Unterm Tisch, der nicht nur vier Beine, sondern auch Querleisten dazwischen hat, wird es immer enger, je mehr vom Vater unten ankommt. Endlich liegt er ganz am Boden, wir haben es geschafft, wir sind mit ihm fertig geworden. Wir triumphieren, fühlen uns aber auch unbehaglich, als hätten wir etwas Unrechtes getan, ihn zu direkt angefaßt, und sind froh, wenn der Vater unterm Tisch herauskommt und aufsteht, seinen Anzug richtet, die Haare glattstreicht und dann auch noch die Brille aufsetzt und aussieht wie immer.

Den Tisch, unter den wir den Vater ziehen, brauchen wir auch zum Häuslespielen. Wenn wir Häusle spielen wollen, gefällt das der Mutter gar nicht, so ein Geschlamp im Eßzimmer, muß denn das sein, könnt ihr nicht was anderes spielen, wenn euch nicht gleich was zu tun einfällt, dann weiß ich was. Damit meint sie Abspülen oder mit Korken und Ata die angelaufenen Messerklingen putzen oder das Kinderzimmer aufräumen oder Unkraut aus den Gartenbeeten zupfen. Mit dem Eßzimmertisch ein Häusle zu bauen erlaubt sie uns nur, wenn es seit Tagen regnet und einem wirklich nichts anderes mehr einfallen kann. Dann verhängen wir die Seiten des Tisches mit Decken, die wir, damit sie nicht herunterrutschen, mit Büchern aus dem Regal beschweren, und stellen einen kleinen Tisch obendrauf, damit wir ein zweites Stockwerk haben. Beide Stockwerke richten die Schwester und ich schön gemütlich und möglichst echt mit Kissen und sonstigem Hausrat ein, den wir aus der ganzen Wohnung zusammensuchen, auch eine Lampe muß hinein an der Verlängerungsschnur, nur nicht zu nah an die Decken, sonst wird der Schirm braun, während der Bruder aus einem Eimer und Schnüren einen Aufzug konstruiert, mit dem die Apfelschnitze und Butterbrote vom unteren ins obere Stockwerk transportiert werden können.

Der Bruder spielt am liebsten Kirche. Er ist der Pfarrer, die Schwester die Gemeinde und ich bin die Orgel. Die Orgel liegt unter dem Bett, damit man sie nicht sieht, und begleitet die Gemeinde, die auf einem Stühlchen sitzt, während der Choräle mit einer Mundharmonika oder, wenn wir die verschlampt haben, mit Brummen. Der Bruder erledigt die Liturgie und steigt dann auf den Kanzelstuhl. Zu Beginn der Predigt sagt er liebe Gemeinde, wobei er von einem Ohr zum andern grinst.

Die Gemeinde kichert. Der Pfarrer predigt und predigt und hört nicht mehr auf. Die Gemeinde rutscht auf ihrem Stuhl herum, sie gähnt auch, der Orgel wird es sehr ungemütlich unterm Bett, aber der Pfarrer hört nicht auf, bis die Gemeinde aufsteht und sagt, jetzt will sie Pfarrer sein. Dann muß der Bruder unterm Bett die Orgel spielen, ich darf als Gemeinde auf dem Stühlchen sitzen und singen und mir die Predigt anhören. Die Schwester predigt nicht so lang wie der Bruder, aber doch so lang, daß die beiden, obwohl ich noch gar nicht dran war als Pfarrer, keine Lust mehr haben zum Kirchespielen.

Nach dem Abendessen spielen wir mit der ganzen Familie. Die Mutter hat das Stopfholz weggelegt und den Vater aus dem Studierzimmer geholt. Wir spielen Meine Tante aus Amerika ist gekommen, was hat sie denn mitgebracht?, oder Kommando Pimperle. Dabei trommeln alle mit ihren Fingern auf die Tischkante oder heben die Hände auf das Kommando Flieg, oder ballen die Fäuste beim Kommando Faust und knallen die Hände auf den Tisch beim Kommando Flach, aber wehe, man folgt dem Befehl, wenn das Wort Kommando fehlt und nur Pimperle, Flieg, Faust oder Flach geschrien wird. Dann muß man so tun, als sei gar kein Befehl gegeben worden, und weitermachen wie bisher. Natürlich wollen sie einen hereinlegen, sie geben ihre Befehle so schnell hintereinander, daß man alle Hände voll zu tun hat, ihnen nachzukommen, und nicht mehr auf das Wort Kommando aufpassen kann. Oder sie sagen Pimperle!

so streng, daß man, vor allem wenn es der Vater oder die Mutter ist, sich ziemlich frech vorkommt, wenn man nicht folgt. Aber man darf nicht folgen, das ist die Spielregel. Manchmal habe ich das Kommando, dann folgen auf einmal alle mir.

Wenn wir Talerklopfen spielen, bin ich sehr aufgeregt. Die zwei Parteien, Große und Kleine gemischt, sitzen sich am Tisch gegenüber, auf dem jetzt kein Tischtuch liegt. Der Vater holt feierlich ein Zehnerle aus dem Geldbeutel. Auch wenn wir nun damit spielen, ist es trotzdem Geld, mit dem man sorgfältig umgehen muß. Die Partei, die den Taler zuerst bekommt, steckt die Hände unter den Tisch und die Köpfe zusammen und macht ein großes Gewurstel und Getue, damit die anderen nicht merken, welche Hand den Taler nimmt. Die Hände unter dem Tisch auf unseren Schößen sind wie eigene Lebewesen, die um den Taler kämpfen, so genau spüre ich die Hände der anderen sonst nicht, obwohl ich natürlich weiß, wem sie gehören, dem Bruder, der Mutter, der großen Schwester. Es ist zwar eine Ehre, ihn zu haben, aber ich bin ganz froh, wenn sich am Ende eine große Hand um den Taler schließt. Dann kommt das Kommando der andern: Hände auf den Tisch! Wir stellen die Ellenbogen auf den Tisch und halten die Fäuste geschlossen. Dann heißt es: Hände ab, und wir knallen alle gleichzeitig die Handflächen auf den Tisch, so laut wie möglich, damit man den Taler nicht klappern hört. Die andern sollen nicht wissen, unter welcher Hand er ist, sonst haben sie gewonnen. Wenn ich den Taler habe, sieht man ihn manchmal zwischen meinen Fingern glitzern, oder er rollt über den Tisch auf die anderen zu, während die Hand brennt vom Aufschlagen. Aber meine Partei hat schon so viele Punkte, darum macht es nichts.

Dunkler Jäger dürfen wir nur selten spielen. Dazu braucht man einen stockdunklen Gang. Deswegen spielen wir Dunkler Jäger abends, am liebsten, wenn die Vettern da sind. Alle Lichter sind aus, die Türen nur an einem feinen Lichtrechteck zu erkennen oder an dem kleinen Schein, der durchs Schlüsselloch kommt. Wenn der Schein plötzlich verschwindet, weiß man, da steht jemand davor. Wir schleichen im Dunkeln herum und versuchen uns zu fangen. Ich weiß, wer die anderen sind, die Buben, die Schwester, die Vettern. Trotzdem habe ich Angst vor der Hand, die mich berühren könnte. Ich höre Atmen, schleichende Schritte, das Knistern der Schranktür, wenn sich jemand dagegen lehnt, das Schaben von Händen und Körpern an der Wand, hinter einer Faust erstickte Schreie, Flüstern, Kichern. Aus dem Dunkeln kann in jedem Augenblick etwas kommen und mich packen. Ich verstecke mich hinter der Kommode und atme, so leise ich kann. So leise kann ich aber gar nicht atmen, daß es keiner hört. Da springt die Türe auf, die Mutter geht aus dem Eßzimmer in die Küche, die Freiheit nimmt sie sich, obwohl wir auf dem Gang Dunkler Jäger spielen. Im Lichtschein aus der Tür bleiben die Gestalten zuerst erstarrt in ihrer gebückten, lauernden Haltung, die Nasen breit wie zum Wittern, die Hände ausgestreckt zum Tasten und Packen. Dann sehen sie sich gegenseitig, fangen an zu lachen und bewegen sich wieder so wie im Hellen.

6. Von der Musik

Das Klavier steht im Wohnzimmer den Fenstern gegenüber. In der Mitte der Wand hinter den Tasten ist ein Gitter aus schrägen schwarzglänzenden Holzstäben mit einem schwarzen Tuch dahinter gespannt. Durch das Gitter kommen die Töne aus dem Klavier heraus. Unten hat es vier Rädchen wie goldene Bälle, aber ich kann an ihm herumschieben, soviel ich will, es bewegt sich nicht. Der Deckel über den Tasten ist nach hinten gelehnt und hat noch eine extra schmale Holzleiste zum Aufklappen, für die Noten der Geschwister. Wenn man die Leiste nicht zuklappt, bevor man den Deckel schließt, gibt es einen lauten Krach und die Mutter sagt Kuckucksternlatern. Die Noten liegen oben auf dem Klavier. Ich steige auf einen Stuhl, hole die Noten herunter und mache den Deckel auf. Jetzt kann ich im Klavier die Watteköpfchen aus ihrer Reihe vorschnellen und gegen die Saiten schlagen sehen, wenn einer spielt.

Einmal in der Woche kommt die Klavierlehrerin. Sie hat graue Haare und ist viel kleiner als die Mutter. Die Mutter trinkt eine Tasse Kaffee mit ihr, dann gibt die Klavierlehrerin den Geschwistern ihre Stunden der Reihe nach. Ich bekomme keine Stunde, weil ich noch zu klein bin und Wurstfinger habe, sagt der Bruder.

Aber ich höre das Klavier den ganzen Tag. Auch wenn ich einschlafe, klingt es aus dem Wohnzimmer leise oder auch laut. Ich höre, wer spielt. Der große Bruder haut gerne mit vielen Fingern gleichzeitig auf die Tasten, so daß es wie die Orgel in der Kirche klingt, wo er auch manchmal spielt. An der Orgel muß er nicht nur mit zwei Händen, sondern auch noch mit zwei Füßen spielen, die vom Absatz auf die Fußspitze und zurück auf den Holztasten hin- und herrutschen. Je schneller der Bruder orgelt, desto mehr hopst er auf der Bank.

Der zweite Bruder spielt Triller und schnelle Läufe hinauf und hinunter. Er ist sehr musikalisch, sagt die Mutter, der beste Schüler der Klavierlehrerin und hat sogar schon eine ganze Mozartsonate auf eine kleine schwarze Schallplatte gespielt, die man so oft hören kann, wie man will. Die Mutter will aber keinen Plattenspieler und auch keinen Radio, sie sagt, sechs Kinder sind genug Krach in der Wohnung. Auch der Bruder geht ihr manchmal ein bißchen auf die Nerven mit dem ewigen Üben, aber ich schlafe gerne ein, wenn er spielt.

Die Tante Rotraud kommt zu Besuch. Sie setzt sich ans Klavier und spielt, obwohl sie noch dickere Wurstfinger hat als ich, und singt dazu. Die Tante Rotraud ist so dick, daß sie auf beiden Seiten vom Klavierstuhl überhängt. Dann steht sie auf und stellt sich hin, mitten ins Wohnzimmer. Ihr Kleid mit den bunten Blumen spannt sich immer mehr, während sie uns vormacht, wie die Flankenatmung geht. Die Mutter schüttelt den Kopf und sagt, ach Rotraud, und hört nicht zu oder geht hinaus.

Es ist mir unangenehm, daß wir ihren Körper so genau anschauen sollen, wie er sich nach den Seiten bläht, die Hände mit den großen Ringen vor ihrem Bauch, wo sich das Blumenmuster breitzieht, und dann geht oben auch noch der Mund auf und läßt laute Töne heraus mit Wellen. Die Wellen nennt sie Vibrato und sagt, das gehört dazu, aber wenn wir in der Familie singen, gibt es solche Wellen nicht. Sie zeigt uns auch die Brust- und Bauchatmung. Es kommt mir unanständig vor, die Wörter Brust und Bauch für einen Erwachsenen zu verwenden, vor allem Brust, und auch noch darauf zu deuten. Auch dort, wo sie hindeutet, wenn sie Brust sagt, dehnt sich der Stoff beim Atmen, daß es knackt.

Die Tante Rotraud erzählt auch davon, wie sie in Schweinfurt ausgebombt worden ist und alle ihre Möbel verloren hat. Sie ist immer noch wütend, weil das anderen nicht passiert ist. Zum Beispiel uns. Wir sind nicht ausgebombt worden. Jedenfalls nicht richtig. Das Haus, das damals in Erbendorf abbrannte, war ja nicht unseres. Deshalb stehen unsere Möbel jetzt hier, der große Tisch zum Ausziehen mit den zwei korbgeflochtenen Bänken und den vielen Stühlen, die Kommode auf dem Gang, der große dunkle Schrank. Die Tante Rotraud sitzt auf unseren Möbeln und ärgert sich. Die Mutter sagt wieder, ach Rotraud. Dann spricht die Tante merkwürdige Wörter, ettenschn, infomeischn, das ist Englisch, erklärt sie uns. In der Geschichte von Erbendorf, den Tiefffliegern und dem Einmarsch der Amerikaner ist es gut und wichtig, daß die Tante Rotraud Englischlehrerin ist und mit dem weißen Tuch zu den Amerikanern gehen und mit ihnen reden kann, um für die Mutter einen Arzt zu holen, auch wenn die Amerikaner dann vom Kinderkriegen keine Ahnung haben. Aber jetzt ist es nicht mehr wichtig. Wenn die Tante Rotraud jetzt Englisch spricht, lachen alle ein bißchen oder gehen aus dem Zimmer. Auch der große Bruder, der selber Englisch auf der Schule lernt, macht sich lustig darüber, er sagt playing in the playgrounds und verzieht den Mund wie Gummi nach allen Seiten. Er lernt viel lieber Latein oder Griechisch. Aber das verstehen die Amerikaner natürlich nicht.

Abends singen wir zusammen aus dem Owiewohl. Einer sitzt auf dem Klavierstuhl und spielt die Begleitung, die anderen stehen herum und singen. Wir ziehen an der Schnur mit dem Knöpfchen unten dran, damit die Lampe über dem Klavier angeht, die nicht wie eine normale Lampe aussieht, sondern länglich ist wie ein goldenes Rohr. Das Owiewohl hat einen gelben Einband, über den kommen vorne Kinder und Gänse und der Butzemann heruntergelaufen, aus einem Buch heraus, das genauso aussieht wie das Owiewohl selber, auf dem wieder vorne Kinder und Gänse und Butzemann herunterlaufen, wieder aus einem Owiewohl heraus. Das geht dann wahrscheinlich immer so weiter, wird aber so klein, daß man nichts mehr sehen kann.

Wir singen Owiewohl ist mir am Abend als Kanon. Auf dem Bild zum Lied stehen blaue Krautsköpfe auf dünnen Stielbeinen, die eine Frau aus einer silbernen Gießkanne gießt. Krautsköpfe gibt es auf vielen Bildern, und warmes gemütliches Licht im Zimmer, wenn es draußen dunkel ist und der Mond scheint. Dann sitzt die schöne Mutter unter der Lampe und hält ihr Kind im Arm, oder das Kind liegt in der Wiege und hat es gut. Es ist immer nur eins und nicht viele. Der Vater ist nicht da, der ist wohl unterwegs.

Auf unserer Wiese gehet was wäre für uns ein schönes Lied zu singen, weil da genau unser Storch hingemalt ist auf einer Wiese vor dem Fluß. Das Lied ärgert mich allerdings, so daß ich es nicht gerne singe. Da wird erst der Storch beschrieben, wie ich ihn kenne, wie er watet mit seinem schwarz-weiß Röcklein und den roten Strümpfen, auch die Frösche kommen vor, alles stimmt, und dann kommt dieser Quatsch, daß das nicht der Storch, sondern die Störchin ist. Da hält mich jemand für blöd.

Mir gefällt es, wenn wir alle zusammen singen, die verschiedenen Stimmen, hoch und tief, das ist viel schöner als eine, zum Beispiel meine, allein. Aber der Bruder am Klavier ist manchmal sehr unzufrieden und hat auch keine Lust mehr, Leise zieht durch mein Gemüt zu spielen. Bei Klinge, kleines Frühlingslied schreit er laut cis und tut, als hätte er Zahnweh. Wenn wir Üb immer Treu und Redlichkeit singen, bis an dein kühles Grab, dann macht der große Bruder so viel Blödsinn, daß alle lachen und nicht mehr singen können.

Wir machen einen Ausflug an einem Sonntag im Sommer. Ich habe ein Sommerkleid an und Söckchen und leichte Halbschuhe. Ich gehe so leicht wie ein Engel auf dem Federbett. Die Winterstiefel und die langen Wollstrümpfe und überhaupt die dicken schweren Winterkleider und den Winter selber kann ich nicht leiden.

Wir gehen durch den Wald, den die andern Nürnberger Steckerleswald nennen. Die Baumstämme sind sehr hoch und kahl und haben erst ganz oben ihre Zweige. Am Boden wächst kein Moos, unter den langen spitzen Föhrennadeln leuchtet der Sand. Auf einer Lichtung ist eine tiefe Grube in den Sand gegraben, wie wenn einer mit einem Riesenlöffel ein Stück herausgestochen hätte, da leuchtet der Sand rötlich, fast rot, wie in unserem Sandkasten.

Dann führt unser Weg aus dem Wald heraus und wird schmal zwischen hohem Gras. Wir singen Geh aus, mein Herz, und suche Freud, während wir im Gänsemarsch an einem Zaun entlanggehen. Hinter dem Zaun sind niedrige graue Gebäude mit Eisentüren. Hohe Betonpfeiler biegen sich wie Spazierstöcke in das Gelände hinein, das sie abgrenzen sollen. Auf der Rundung oben zieht sich von Pfeiler zu Pfeiler Stacheldraht in drei Reihen. Der sieht so aus wie an der Zonengrenze. Es ist aber niemand dahinter. An ihrer senkrechten Länge halten die Pfeiler einen Drahtzaun, der aus lauter ineinandergeflochtenen Vierecken besteht. Wo der Zaun unten ins Gras reicht, über die ganze Strecke, die ich sehen kann, wächst Mohn, aus Blätterzacken heraus an schön gewundenen Stielen, leuchtend rot um die schwarze Mitte. Die Blüten heben sich auf ihren Stielen ein bißchen über das Gras, damit wir den roten Glanz noch besser sehen können. Wir singen Narzissus und die Tulipan, die ziehen sich viel schöner an als Salomonis Seide. Es ist zwar Mohn, an dem wir vorbeigehen, aber das Lied ist trotzdem wahr.

Wenn wir mit dem Owiewohl fertig sind, holen wir das Spätzlein-Buch. Das hat zwar keine Farben, aber das merkt man gar nicht, weil die Bilder so schön gezeichnet und gestrichelt sind, die Henne, gluck gluck gluck, mit ihren Küchlein, und eben das Spätzlein im Winter auf seinem dürren Ast, das bestimmt froh wäre, wenn irgendwo ein Speisfenster einen Spalt offen stünde, damit es für sich und seine Jungen ein paar Streuselkügelchen holen könnte. Vom Häslein gibt es zwei Lieder, eins, wie es dem Jäger entkommt, der ihm dann ziemlich dumm hinterherschaut, und eins, wie es ihm nicht entkommt und zum Schluß totgeschossen aus dem Maul vom Jagddackel hängt. Nun wird es gebraten, singen die Buben besonders laut.

Der Vater sitzt am Klavier. Es ist Samstagabend oder Sonntag früh, vor der Kirche. Der Vater spielt einen Choral, aber nur für sich, wir sind woanders. Er spielt langsam, die Finger kommen nicht auf allen Tönen ganz so gleichzeitig an wie beim Bruder. Er hält auch die Hände nicht gewölbt wie der Bruder, sondern flacher, die Finger lang ausgestreckt. Seine Fingernägel haben tiefe Längsrillen und sind vorne fast gerade abgeschnitten. Er übt die Liturgie aus einem großen schwarzen Buch, das kaum auf die schmale Notenleiste paßt. Die Fingerspitzen suchen einzeln die Töne, die er nachher, wenn er den Talar und das Beffchen anhat und in der Kirche vor dem Altar steht, zur Gemeinde hin singen muß, die dann zurücksingt. Die Melodie ist ganz anders als die Lieder im Owiewohl oder im Spätzleinbuch, langsam und ohne richtigen Takt, eigentlich immer die gleichen Noten nur ein bißchen hinauf und hinunter. Wenn der Vater nachher Abendmahl hat, schaut er besonders genau durch seine Brille auf die Noten und singt, während er mit den Fingern die Töne sucht, leise nur zur Probe die ganze Geschichte vom Herrn Jesus und dem Brot und dem Kelch.

Der Bruder macht eine Pause beim Klavierüben und zeigt mir seinen Detektor. Die Mutter will keinen Radio in der Wohnung, weil sie den Krach nicht mag. Aber der Bruder möchte auch andere Musik hören als die, die er selber spielt. Deswegen hat er sich selber einen Detektor zusammengebaut. Der Bruder erklärt mir genau, wie alles geht. Dabei erzählt er mir, daß es Wellen in der Luft gibt, nicht solche, die die Tante Rotraud beim Singen macht, sondern andere, die den ganzen Tag und auch nachts in der Gegend herumschwirren. Das glaube ich dem Bruder nicht, der will mich bloß nachher, wenn ich seine Geschichten geglaubt habe, auslachen und erzählt es auch noch den andern, und die Mutter sagt, du Guterle. Ich sehe keine Wellen, außerdem ist das Fenster zu, da kann ja gar nichts hereinkommen. Aber der Bruder sagt, die Wellen sendet ein Sender von ganz weit weg, damit er sie mit seinem Detektor einfangen kann. Manchmal muß er dazu im Zimmer herumgehen und den Detektor hin und herdrehen. Der Detektor ist ein kleines graues Kästchen, aus dem Drähte heraushängen, mit verschiedenen Knöpfen zum An- und Ausschalten und Drehen. Manchmal funktioniert er, manchmal nicht. Der Bruder will etwas hören, das gerade gesendet wird, und setzt seinen Kopfhörer auf. Jetzt sieht er aus wie das Mufflon im Margarine-Voss-Album. Er setzt auch mir den Kopfhörer auf, das ist mir peinlich, ich will nicht wie ein Mufflon aussehen. Aber ich höre durch den Kopfhörer ein Knacken und Rauschen, auch hohes Pfeifen, das ist Rias Berlin, sagt der Bruder. Ich höre Leute reden im Rauschen, die ich nicht verstehe. Das ist Englisch, ruft der Bruder und nimmt mir den Kopfhörer weg, AFN. Die Amerikaner. Die Amerikaner hört man am besten. Aber ich verstehe nichts, nicht einmal playing in the playgrounds. Man kann auch nicht sehen, ob sie beim Reden den Gummimund verziehen wie der große Bruder. Dann dreht der Bruder am Knöpfchen, bis er sein Symphoniekonzert findet. Jetzt muß ich leise sein und darf ihn nicht stören, bis das Symphoniekonzert vorbei ist. Wenn mitten in der Symphonie der Detektor nicht mehr funktioniert, ist der Bruder außer sich.

Ich sitze in der Kirche und lasse die Beine von der Bank baumeln. Es ist ziemlich kalt. Alle Leute, die vor und hinter mir sitzen, sind größer als ich und haben graue Mäntel und Hüte an. Erst läuten die Glocken ziemlich lang, so daß die Leute hereinkommen, dann hören die Glocken auf und die Orgel fängt an. Die Orgel hört man nur, man sieht sie nicht, deswegen muß daheim, wenn wir Kirche spielen, die Orgel immer unters Bett. Hier in der richtigen Kirche ist sie aber nicht unten, sondern oben. Wenn man sich auf die Bank kniet und umdreht, sieht man oben auf der Empore die hohen Orgelpfeifen und den Kopf des Organisten wackeln davor. Der Organist ist aber in der Kirche längst nicht so wichtig wie der Pfarrer und auch nicht so wichtig wie die Gemeinde.

Die Mutter neben mir sagt ssst!, weil ich zapple. Die Leute schlagen ihre Gesangbücher auf und fangen alle zusammen an zu singen. Sie singen Jerusalem, du hochgebaute Stadt, das Lied gefällt mir, ich denke an unsere Stadt im Sandkasten oder an den Reinhold im Bilderbuch, der auf dem Boden sitzt und die Häuser anschaut, die er selber mit dem Baukasten gebaut hat und die nun um ihn herum zu einer schönen bunten glänzenden Stadt hochgewachsen sind. Bei Jerusalem fängt jeder Vers wieder mit dem gleichen hohen Ton an, aber das merkt die Gemeinde nicht gleich und singt den Ton erst hinterher, wenn die Orgel schon die Melodie hinuntersteigt. Wie das Lied zu Ende ist, steht der Vater schon vorn am Altar, mit dem Rücken zu uns in seinem schwarzen Talar, und macht irgendwas. Dann dreht er sich zur Gemeinde und fängt bald an zu singen, was er daheim am Klavier geübt hat. Wir singen zurück: und mit deinem Geist. Hinter dem Vater auf dem Bild ist ein dreieckiges Auge Gottes gemalt, mit Strahlen aus allen drei Ecken, das sieht alles, auch ins Herz hinein.

Dann müssen wir aufstehen zum Beten, dürfen uns aber bald wieder hinsetzen, was uns der Vater mit einer ganz kleinen Bewegung seiner großen Hände zeigt. Vor der Predigt dürfen wir noch einmal singen, dann wird es ziemlich langweilig. Die Mutter schaut auf die Uhr, wenn der Vater anfängt, sie will ihm nachher sagen, wie lange er gepredigt hat. Er predigt entsetzlich lang, noch länger als der Bruder daheim beim Spielen, ich zapple und die Mutter sagt ssst!. Ich schaue mir die Leute um mich herum an, sie sitzen ganz ruhig. Vor mir sitzt ein Mann mit einem grauen Schlips über dem Kragen, der Mantel macht eine komische Falte quer über den Rükken. Ich warte darauf, daß der Mann sich bewegt und die Falte verschwindet oder sich wenigstens ändert, aber der Mann rührt sich nicht. Ich kann die Falte gar nicht mehr aushalten.

Endlich sagt der Vater Amen und ist fertig. Die Mutter schaut wieder auf die Uhr und nickt. Die Leute husten und rutschen auf der Bank hin und her und holen ihre Gesangbücher aus dem kleinen Holzfach an der Rückseite der Vorderbank. Die Falte vor mir verschwindet. Wir singen Wachet auf, ruft uns die Stimme. Die Stimme der Mutter ist laut und klar, hinter uns singt eine Frau mit vielen Wellen, wie die Tante Rotraud. Wir singen sehr lange, damit die Leute mit den Klingelbeuteln auch die ganze Kirche schaffen. Sie geben den Klingelbeutel an seinem Griff in eine Bankreihe zwischen die Finger vor den Mänteln und warten dann mit gefalteten Händen an der nächsten Bank, bis er wieder zurückkommt. Sie haben den Kopf über den Händen gesenkt, schauen aber doch ganz genau, wo der Klingelbeutel gerade ist. Schon bevor er da ist, holen die Leute ihr

Zehnerle aus der Tasche und halten es in der Hand. Der Klingelbeutel ist so tief und samtig, daß man das Geld, wenn es einmal hineingefallen ist, nicht mehr sehen kann. Es klimpert auch nur ganz leise. Nach dem Lied ist die Kirche aber noch lange nicht aus, wir müssen noch ein paar Mal aufstehen und uns wieder setzen, bis der Vater endlich einen Schritt nach vorn geht und sagt, der Herr segne und behüte euch. Dabei hebt er die Hände, so daß die Talarärmel tief herunterhängen. Aber auch dann darf man noch nicht losrennen, die Orgel fängt noch einmal an, ganz besonders laut, damit alle, die jetzt erleichtert aufstehen und reden und lachen wollen, doch noch langsam und anständig aus der Kirche gehen. Weil die Leute mit ihren kratzigen Mänteln so groß um mich herum sind, sehe ich nichts, bis wir endlich draußen sind. Durch die offene Türe hören wir noch die Orgel brausen, in der Kirche herum und hinter uns her.

7. Von Buben und Mädchen

Die Buben sollen Schuhe putzen. Dafür müssen die Mädchen in der Küche helfen und abtrocknen. Die Mutter kocht und sagt allen, was sie tun sollen. Die große Schwester ist schon ein richtiges Hausmütterchen, sagt die Mutter und freut sich darüber mehr als die Schwester. Die kann schon kochen und paßt auf uns auf. Die große Schwester oder die Haustochter spülen das Geschirr in den großen Spülbecken, wir Mädele trocknen alles ab mit den karierten Trockentüchern. Der Vater ist im Studierzimmer. Er hat auch zum Schuheputzen keine Zeit. Auch die Kandidaten studieren in ihren Zimmern und trocknen nicht ab. Das macht die Schwester Babette mit den Mädchen in der Seminarküche.

Wenn man von der Familie alle Schuhe, die gerade schmutzig sind, auf dem Gang in eine Reihe stellt, sind das ziemlich viele. Deswegen wollen die Buben gar nicht anfangen. Der große Bruder zeigt ihnen, wie das Schuheputzen geht. Erst sollen sie mit der Dreckbürste den Dreck abbürsten, vor allem mit der Holzspitze der Bürste innen am Absatz entlangkratzen. Dann kommt das Einschmieren mit den kleinen Stielbürstchen. Wir haben eine braune und eine schwarze Schuhcreme, in runden Dosen mit einem kleinen goldenen Hebel zum

Drehen, damit sich der Deckel von der Dose hebt. Auf dem Deckel sitzt ein Frosch mit einer Krone. Wenn man mit dem Bürstchen in die Creme fährt, machen die Borsten dünne Streifen in die schwarze oder braune Masse. Das Einschmieren muß ganz besonders sorgfältig geschehen, sagt der große Bruder, in alle Ritzen und Falten und auch am Absatz, damit die Schuhe länger halten. Zu viel Creme darf man aber auch nicht verbrauchen, weil wir das Geld schließlich nicht auf der Straße finden. Zum Schluß zeigt er den Buben noch die braune und die schwarze Wichsbürste. Das Schuhwichsen ist anstrengend, weil man mit der Bürste ganz schnell hin und herfahren muß, wie er es jetzt vormacht, und zwar lang und sehr gründlich, es kostet ja nichts, man braucht nur seine Muskeln, und die haben die Buben ja. Nur gründlich gewichste Schuhe, sagt der große Bruder, glänzen und sehen ordentlich aus.

Die Buben nehmen die Bürsten in die Hand, haben aber keine Lust. Sie streiten sich, wer mit der Dreckbürste anfangen muß und wer einschmieren darf. Der eine Bruder wirft dem andern die Dreckbürste an den Kopf, dann fangen sie an zu raufen. Sie krallen sich in Arme und Beine und wälzen sich den Gang entlang. Wenn einer oben ist, haut er auf den drunten. Ich stehe daneben und heule, weil sie so schrecklich schnaufen und wütend sind und sich wehtun wollen.

Die Mutter will nicht, daß wir streiten. Streiten ist nicht schön. Das will auch der Liebe Gott nicht. Der will ja auch nicht, daß wir frech zu den Eltern sind, und hat deswegen das Vierte Gebot gemacht. Wenn die Schwester und ich streiten, sagt die Mutter, wir sollen uns die Hand geben und wieder gut sein. Wir sind aber nicht gut, weil wir eine Wut aufeinander haben. Wir gehen ins Kinderzimmer und streiten dort weiter, ganz leise. Wir zischen uns ganz gemein an und zwicken uns und hauen uns auch ein bißchen. Aber wir raufen nicht und rollen nicht so wie die Buben. Wenn es weh tut, heulen wir, aber so leise, daß es die Mutter nicht hört. Manchmal schlupfen wir zur Sicherheit unter die Bettdecke. Ich heule mehr als die Schwester, weil ich nie mit ihr fertig werde, und würde gern die Mutter rufen, daß sie mir hilft, aber das geht nicht, weil sie ja nicht wissen darf, daß wir streiten.

Die Schwester sagt zu mir, ich bin eine dumme Kuh. Da sage ich den Spruch, den sie mir beigebracht hat, weil sie schon in der Schule ist: Was man sagt, das ist man selber. Sagen alle dummen Kälber, schreit die Schwester und hat gewonnen. Dann sage ich zu ihr, sie ist eine blöde Kuh. Sie sagt: was man sagt, das ist man selbst. Darauf weiß ich nichts zu sagen.

Der Bruder hat irgendetwas Böses gemacht, was man nicht darf. Nicht die Puppenmöbel hinuntergeschmissen, sondern etwas anderes. Damit ihn die Mutter nicht erwischt, rennt er aufs Klo und sperrt sich ein. Die Mutter ruft durch die Tür, komm sofort raus, sonst kannst du was erleben, sie rüttelt auch an der Klinke, aber der Bruder hat den Schlüssel umgedreht und macht nicht auf. Jetzt setzt's was, schreit die Mutter, und der

Bruder ruft zurück: Was denn? Da geht die Mutter und holt den Vater aus dem Studierzimmer. Während die Mutter weg ist, stehen wir Mädele vor der Klotür und hören, wie der Bruder ab und zu runterspült. Ich will, daß der Bruder sofort aufmacht, ich kann es gar nicht aushalten, daß er so frech ist, gleich wird er was erleben. Da kommt der Vater groß und schwarz und ruhig. Er stellt sich vor die Tür und sagt dem Bruder, daß er aufmachen soll. Aber der macht nicht auf, sondern spült wieder runter. Dem Vater nicht folgen, das traut sich nur der Bruder. Ich will mir den Vater nicht vorstellen, wie er mit dem Bruder nicht fertig wird.

Neben dem Klo ist ein kleiner Balkon, da geht der Vater jetzt hinaus und schaut durchs Klofenster zu dem Bruder hinein, der die Füße in der Kloschüssel hat und das Wasser drüber rauschen läßt. Wie das Auge des Vaters am Fenster erscheint, erschrickt er so, daß er sofort aus dem Klo steigt mit seinen nassen gespülten Füßen und die Tür aufmacht. Der Vater sieht alles. So wie der Liebe Gott alles sieht, mit seinem dreieckigen Auge.

Ich renne aus der Tür den Gartenweg hinunter. Es ist Sommer, und ich habe Kniestrümpfe an, die immer herunterrutschen bis zu den Knöcheln. Der Weg führt so schön zwischen den Beeten hinunter, daß ich ganz schnell renne, bis der Wind durch die Simpelfransen weht, an den Blumen und Sträuchern vorbei über die große Wiese bis zur Pegnitz, die unter den Weiden durch das Schilf rauscht. Irgendwo liegt ein dummer Stein, ich stolpere und falle hin und schlage mir das nackige Knie auf. Ich heule laut, weil es so weh tut, und humple den Weg zurück, der jetzt auf einmal ganz lang und staubig ist, zur Mutter hinauf. Die Mutter sagt, Siehst! das kommt davon, und klebt mir ein Pflaster aufs Knie. Dann putzt sie mir noch die Rotznase. Sie hat so viel zu tun, jetzt muß sie sich auch noch um mich kümmern.

Deswegen mag ich im Owiewohl das Lied vom Lämmchen weiß wie Schnee nicht gerne singen, obwohl auf dem Bild das Lämmchen so lustig über die Wiese springt. Aber die Mutter im Hintergrund hat den Kopf erhoben und ruft, Kind, halt ein, es möchte dir mißlingen. Und tatsächlich, siehst!, sagt die Mutter, das Lämmchen, weil es so ausgelassen und mutwillig von der Mutter weg in den Klee springt und nicht auf ihre Warnung hört, stolpert über einen Stein. Es bricht sich das Bein und muß für seinen Leichtsinn leiden.

Mit der Schwester spiele ich Puppen oder Kreuzigung. Wenn der Bruder mitspielt, gehen wir in den Garten und machen was. Wir bauen weiter an der Zwergenstadt im Sandkasten. Weil das Predigerseminar so lange umgebaut wird, gibt es viele Sachen, die wir brauchen können. Der Bruder sagt uns, was wir suchen und ihm bringen sollen. Er kann Steine zurechtschlagen und Rohre auf die richtige Länge schneiden und Hölzchen sägen für das Dach. Ich mache in der Ecke ein bißchen mit dem Sand rum und schaue ihm zu, die Schwester gibt ihm die Sachen. Wenn uns aber das Zuschauen zu langweilig wird und wir uns nicht mehr freuen, daß alles so schön vorwärtsgeht, hört der Bruder sofort mit dem Bauen auf.

Der große Bruder sitzt mit den Buben am Eßzimmertisch und schlitzt Klopapier. Sie haben die Zeitungen, die der Vater ausgelesen hat, auf einen Stapel an die Tischecke gelegt. Jeder holt sich ein Stück Zeitung und schlitzt sie da, wo sie geknickt ist, mit dem Messer durch und muß dabei ganz flach und auch gleichmäßig sägen, sonst gibt es Fetzen und Zacken. Wenn man zuviel Zeitungspapier auf einmal nimmt, kommt man mit dem Messer nicht durch. Wenn man wenig nimmt, muß man öfter schlitzen. Jede Zeitungsseite wird viermal oder fünfmal durchgeschlitzt, bis sie die richtige Größe hat und auf den Stapel kommt, von dem dann immer ein bißchen auf den Nagel im Klo gesteckt wird. Klopapierschlitzen ist eine Arbeit für Buben. Ich schaue aber gern zu dabei. Beim Arbeiten machen die Buben mit dem großen Bruder Witze über das, wofür das Klopapier da ist. Sie reden darüber, wie groß so ein Klopapier sein muß und wieviel man für einmal verbrauchen darf. Wenn die Mutter hereinkommt, hören sie mit den Witzen auf und grinsen bloß.

Wir haben die Türe abgesperrt, weil wir wissen, daß wir etwas Verbotenes tun, und ziehen uns aus. Wir schauen uns an, wie wir nackig aussehen, vor allem schauen wir uns an, was uns unterscheidet. Wir schämen uns, trotzdem zeigt der Bruder seinen Besitz her. Auch wenn er uns nicht anschaut, ist er stolz. Er hat etwas, das wir nicht haben. Geahnt habe ich es schon, daß bei ihm unter der Unterhose alles anders aussieht als bei mir und der Schwester, aber noch nicht so genau gesehen wie jetzt. Vielleicht sind deswegen Mädchen anders als Buben, aber das genau anzuschauen ist verboten, so verboten, daß das Verbot gar nicht hat ausgesprochen werden müssen, wir wissen es auch so. Jemand drückt von außen auf die Türklinke, mehrmals, und fängt an zu rütteln und zu rufen. Unsere Köpfe sind so rot und heiß, daß wir gar nicht mehr wissen, was wir tun sollen. Wir rennen im Zimmer herum und suchen unsere Sachen, die liegen hier und da und auf einem Haufen in der Mitte, alles durcheinander. Die Unterhosen sind zu festen Stoffwürsten gerollt, bei den Strümpfen weiß keiner mehr, wo oben und unten ist, und bei den Schuhen nicht, wo rechts und wo links, was auch dann ein Rätsel ist, wenn mein Kopf nicht rot und heiß ist. Ich weiß gar nicht mehr, wie das Anziehen geht. Kein Knopf läßt sich knöpfen, keine Schleife läßt sich binden, während die Türe rattert und knattert und immer mehr Stimmen draußen drängen und rufen. Niemals könnte ich jetzt, wie sonst, die Schwester oder den Bruder fragen, ob sie mir helfen. Wir schauen uns nicht an. Wir schwitzen und schnaufen und sagen nichts, bis wir endlich jeder irgendetwas anhaben und die Türe aufmachen und unsere roten Köpfe herzeigen.

Der Vater steht auf dem Gang und hat einen Fuß auf einen Stuhl gestellt, den er aus der Küche geholt hat. Über das hochgestellte Knie hat er einen von den Buben gelegt, weil der frech war und der Mutter nicht gefolgt hat. Wir Mädele werden nicht durchgehaut, wir sind nicht so frech wie die Buben und bekommen höchstens einen Pritsch. Wir sind meistens sowieso ziemlich brav, weil wir nicht wollen, daß der Vater traurig ist. Das ist er, wenn wir nicht tun, was er will. Wir müssen ihn ja auch schonen, weil ihn alle anderen Leute so plagen.

Der Vater will den Bruder durchhauen mit seiner großen Hand, aber das ist nicht so einfach, weil der Bruder nicht durchgehaut werden will und deshalb zappelt. Ich halte die lederbezogenen Ringe in den Händen, deren Seile ich zu einer langen Wurst verdreht habe, und schaue zu. Der Vater hält den Bruder mit der linken Hand am Kragen fest, während er die rechte große Vaterhand hochhebt, aber bis er dem Bruder auf den Popo hauen kann, ist der mit seinen Zappelbeinen schon wieder vom Knie heruntergerutscht. Der Vater wird ungeduldig und hat auf einmal ein zorniges Gesicht, weil er mit dem Bruder nicht fertig wird. Sonst ist der Vater nie zornig. Irgendwann trifft er ihn doch auf den Popo und läßt ihn laufen. Das hat dem Bruder bestimmt nicht arg wehgetan. Trotzdem denke ich nicht gerne daran, wie der Vater die Buben durchhaut, und wie er auf einmal gar nicht mehr ruhig ist wie sonst.

Die Mutter erzählt die Geschichte von den drei Schwestern, die die wilden Tiere heirateten – die Bertha den Bären, die Adelheid den Adler und die Waltraud den Walfisch. Die wilden Tiere sind eigentlich verzauberte Prinzen und nur einen Tag in der Woche oder eine Woche im Monat oder einen Monat im Jahr Tiere und gefährlich, sonst sind sie schöne Männer, freundlich und anständig, mit denen die Schwestern sehr zufrieden sind.

Anders als beim Joseph und beim Pharao weiß man bei dieser Geschichte nie so genau, was gut ist und was schlecht. Am schlechtesten kommt eigentlich der Vater weg, der verpraßt immer wieder sein Geld, ißt und trinkt und feiert ein Fest nach dem andern, und muß dann, wenn er wieder arm ist, die nächste Tochter einem wilden Tier versprechen. Man weiß schon im voraus, daß es wieder so weit kommen wird, aber der Vater kapiert einfach nichts. Dann sind alle drei Töchter weg, und der kleine Bruder soll sie suchen. Die Mutter jammert erst, weil sie nicht noch ihr letztes Kind verlieren will, aber der Bruder soll und muß gehen. Er findet Bertha mit drei kleinen gemütlichen Bären auf einer Waldlichtung, Adelheid auf einem Adlerhorst mit ausgebreiteten Rökken über drei Eiern brütend, und Waltraud, wie sie in einem gläsernen Haus mitten im See auf ihren Walfisch wartet. Die Schwestern sind eigentlich ganz zufrieden, aber der Bruder rettet sie trotzdem. Er schlägt den bösen Zauberer tot, der seine Schwager in wilde Tiere verwandelt hat, und die werden wieder ganz normal und sind nie mehr wild. Wenn der kleine Bruder wieder heimkommt, sagt die Mutter bestimmt nicht Siehst!, obwohl sie doch gar nicht wollte, daß er fortgeht.

8. Von Büchern und Bildern

Bei uns gibt es viele Bücher. Die meisten stehen beim Vater im Studierzimmer, da stehen sie hoch bis an die Decke, so daß man die Wand nicht mehr sieht. Der Vater hat sie alle gelesen und weiß alles. Aber auch im Wohnzimmer sind Regale voller Bücher, und bei den Großen. Manche der Bücher sind eingebunden in braunes oder blaues Papier, das ein Muster hat wie Dachziegel.

Ich kann noch nicht lesen, aber ich schaue mir die Bücher gern an und blättere. Manche Bücher sind schwer, vor allem die mit vielen Bildern, und haben schwere glatte Seiten, die von meinem Daumen herunter mit einem kleinen flachen Geräusch eine auf die andere fallen und ganz wichtig riechen. Andere haben rauhe, vom vielen Lesen ausgefranste oder auch eingerissene Blätter. Die stehen nach oben, wenn man das Buch offen liegen läßt. Das Gesangbuch hat ganz dünne Seiten, die knistern beim Umblättern vor lauter Feinheit, und jede einzelne hat einen feinen, kaum sichtbaren goldenen Rahmen, wie einen Schein. Ich klappe das Gesangbuch zu. Jetzt bilden die vielen einzelnen Seiten zusammen eine mattgoldene, nach innen gebogene Fläche zwischen den schwarzen Lederdeckeln. Wenn man nicht mit dem Fingernagel ein bißchen darüberfahren und kleine Spalten in der Fläche öffnen könnte, würde man nicht glauben, daß dieses Gold aus den feinen Linien unzähliger einzelner Seiten besteht. Dann schlage ich das Gesangbuch wieder auf. Jetzt wölben sich die Blätter aus der Mitte heraus hoch und dann zum Rand hin flach wie Wellen. Der Goldschnitt fächert sich auf und glänzt nicht mehr. Selbst wenn man die Seiten auseinanderdrückt, kann man nicht sehen, wo sie befestigt sind. Es liegt immer ein kleiner Schatten in der Mitte. Wer will, kann von oben nach unten das geflochtene rote Band in den Schatten legen.

Die Mutter erzählt am liebsten die Geschichten aus der Bibel, von Josef und seinen Brüdern, die auf Josef neidisch waren, weil der Vater nur ihm so einen schönen bunten Rock schenkte und ihnen nicht. Das war nicht schön von den Brüdern. Die Mutter erzählt die Geschichten abends, wenn sie die Socken stopft oder näht. Da muß sie manchmal eine Pause machen, gerade wenn der Pharao dem Josef etwas Wichtiges zu sagen hat, oder während der Josef dem Pharao seinen Traum von den fetten und den mageren Kühen erklärt, weil sie neu einfädeln muß oder Stecknadeln zwischen die Zähne gesteckt hat. Die Mutter kennt sie alle ganz genau und seit langem wie Verwandte, den Moses, den Abraham, den Saul, den David und den Jonathan, auch Jakob und Esau, und weiß, was sie denken und sagen. Sie weiß auch und sagt es uns, wer gut ist und wer recht hat, und wenn jemand unrecht gehandelt hat, sagt sie, das war nicht schön.

Wenn sie erzählt, stelle ich mir den Moses unten an der Pegnitz vor, wie er in seinem Körbchen im Schilf schaukelt und wartet, daß ihn die Tochter vom Pharao findet und er ein großer Mann wird, oder ich denke an das Ballkleid der großen Schwester, wenn von Josefs buntem Rock die Rede ist, und daß es nicht schön ist, wenn man neidisch ist. Beim Auszug aus Ägypten fällt mir das Gesangbuch ein. Der Liebe Gott hat den Juden einen Weg durch die aufsteigenden Fluten des Roten Meeres gelegt wie das rote Band durch die Schattenmitte des Gesangbuchs zwischen den aufgewölbten Seiten.

Ich blättere im Schnorr von Carolsfeld. Obwohl sein Name so lustig ist, hat der Maler lauter Bilder zur Bibel gemacht, schwarz-weiß und immer zwei auf einer Seite übereinander. Die Leute auf den Bildern bewegen sich mit ihren schönen Gewändern wie im ständigen starken Wind, alles weht, die langen Haare, auch die ausgestreckten Arme und die Hände mit den langen Fingern, mit denen sie zwischen Säulen und hohe Häuser deuten. Bei Elias Himmelfahrt lodern die Mähnen der Pferde so wild wie das Feuer, auf dem Elias Wagen in den Himmel fährt, während sein Mantel mitten in die Flammen hineinweht, ohne daß er anbrennt. Absaloms schöne wehende Haare sind sein Unglück, sie wehen noch, als er schon im Baum festhängt, der Mantel flattert nach hinten und hängt in den Ästen wie die Lockenhaare, und er kann nichts dagegen machen, daß das Pferd unter seinen Beinen fort und davon rennt.

Es passieren die unglaublichsten Sachen auf den Bildern vom Schnorr. Der König Saul stürzt sich in sein Schwert und faßt dabei die scharfe Schneide mit der bloßen Faust, er könnte sich wehtun, aber darauf kommt es bei ihm gar nicht mehr an. Der starke Simson mit den Ketten an den Füßen und Haaren so schön gekräuselt wie die Girlanden, die die Halle schmücken, der schmeißt, die zwei Arme um zwei Säulen gelegt, den großen Palast der Philister um, als ob der aus unserem Steinbaukasten gebaut wäre. Oft werden auch Frauen geraubt oder Kinder umgebracht und nebeneinander auf den Boden gelegt. Der Stephanus kniet mit erhobenen Händen bei seiner Steinigung. Auf seinem Gewand liegt eine ganze Reihe ziemlich schwerer Steine, die schon geworfen sind, aber die scheinen ihm nichts ausgemacht zu haben. Besonders unangenehm sind die Kriegsknechte, weil sie mit Peitschen, Stöcken und Zangen den armen Herrn Jesus quälen und noch so hämisch grinsen dabei. Sonst lacht keiner beim Schnorr.

Es gibt aber auch Bilder ohne Mord und Totschlag. Besonders gern schaue ich die große Traube an, die die Kundschafter Israels zu zweit und sehr vergnügt an einem Stecken tragen, die ist so wunderbar groß, daß sie einer allein nicht heben kann. Oder ich suche nach Knöpfen, die es selten gibt, weil alle in wallende Tücher und Gewänder gehüllt sind und keine Jacken anhaben wie wir. Aber der Pharisäer hat eine Knopfreihe auf dem fetten Bauch, den er vor dem armen Zöllner so protzig vorstreckt. Schöne Knöpfe gibt es auch beim Töchterlein des Jairus. Das wird vom Herrn Jesus vom Tod erweckt, er zieht das Töchterlein mit der Hand hoch von den Kissen, die doppelt und dreifach auf dem Bett zwischen den Vorhängen liegen und an der Seite, so daß man es gut sehen kann, geknöpft sind. Zwischen den Knöpfen drückt sich das dicke Kissen heraus wie eine Reihe Semmeln.

Den Schnorr schaue ich gerne alleine an. Manchmal möchte ich aber etwas fragen, die Mutter, die große Schwester. Zum Beispiel, was mit der Hagar los ist, die mit ihrem kleinen Sohn vom Haus weg in die Wüste geht und den Kopf hängen läßt, auch der Sohn sieht betrübt aus, während Abrahams Frau so verkniffen hinter dem Vorhang vorschaut. Oder was passiert wäre, wenn dem Abraham, der seinen Sohn Isaak schon mehr oder weniger nackig auf den Altar gesetzt hat und mit der linken großen Vaterhand Isaaks Kopf an seinen Bauch drückt, während er mit dem Messer in der anderen Hand ausholt, um ihn umzubringen und dem Lieben Gott zu opfern, wenn dem Abraham also nicht ein Engel gerade noch rechtzeitig in den Arm gefallen wäre und einen kleinen Ersatzwidder am Horn aus dem Gebüsch gezogen hätte. Auf solche Fragen kriege ich nie eine gescheite Antwort. Manchmal frage ich die Haustochter, aber die weiß auch nichts.

Die Mutter erzählt auch Geschichten, wenn wir einen Spaziergang oder eine Wanderung machen. Beim Spazierengehen geht sie meistens rechts neben dem Vater und steckt ihren Arm durch seinen, so daß ihre Ellenbogen eingehakt sind. Beide strecken immer gleichzeitig den linken oder den rechten Fuß vor beim Gehen. Wenn sie dabei einmal durcheinander kommen, macht die Mutter einen kleinen Hopser, und schon ist sie wieder mit dem Vater im Gleichschritt.

Wenn die Mutter weiß, es wird ein langer Weg, läßt sie den Vater los und geht mit uns. Dann fängt sie auch eine lange Geschichte an, zum Beispiel die von der Seltsamen Schule. Da wird ein Bub von bösen Männern entführt und in eine spelunkige Bruchbude gebracht, wo alle dreckig und unflätig und damit beschäftigt sind, Böses zu planen. Der Bub muß lernen, wie man einer Puppe, die überall mit leichten Glöckchen behängt ist, einen Geldbeutel oder einen Ring stiehlt, ohne daß die Glöckchen klingeln. Die Mutter beschreibt, wie schwierig die Aufgabe und wie geschickt der Bub beim Lernen ist, sagt aber gleich dazu, daß eine solche Schule gar nicht schön ist. Der Räuberhauptmann nimmt den Bub mit in sein elegantes Haus und zeigt ihm seine Tochter. Die ist zwar lieb und freundlich, weiß aber noch überhaupt nichts vom Herrn Jesus. Am Schluß der Geschichte spielt dann der Liebe Gott eine große Rolle, alles wird gut. Der Bub findet seine Mutter wieder und der Räuberhauptmann bereut und wird ein guter Mensch.

Die Mutter erzählt auch von der Nymphe des Brunnens, die dem armen Mädchen, das an ihrem Wasser weint, einen Bisamapfel schenkt. Das Mädchen muß sich zwar das Gesicht mit Nußsaft schwarz färben und als Magd bei reichen Leuten dienen, aber sie kann sich doch aus ihrem Bisamapfel ein prächtiges Ballkleid holen und mit dem Prinzen tanzen, der sie dann auch in sein Schloß führt. So kann durch ein Wunder auch aus nicht besonders schönen Leuten eine Prinzessin werden.

Jemand liest uns vom Hölzernen Bengele vor. Der alte arme Meister schnitzt das Bengele aus einem Stück Holz, so schön wie er nur kann, er gibt sich große Mühe, aber sobald das Bengele zu leben anfängt, ist es nichts als frech. Der Meister ist traurig, so traurig wie der Vater ist, wenn wir frech sind, aber das macht dem Bengele, wie es scheint, überhaupt nichts aus. Es ist weiterhin ungezogen, manchmal auch eher dumm, es läßt sich von den bösen Tieren übers Ohr hauen. Es müßte doch wissen, daß der Vater gut ist, dem darf man vertrauen, daß aber die Tiere falsch und bös sind und das Bengele nur hereinlegen wollen. Zu denen darf man kein Vertrauen haben. Auch die Fee, seine Mutter, gehört zu den Guten, sie ist so lieb zum Bengele und so traurig, weil es nichts taugt, deshalb geht sie auf und davon. Ich wäre natürlich viel braver als das Bengele, trotzdem tut es mir leid, und daß es die Fee für immer verlieren soll, ist nicht zu ertragen. Es möchte ja brav sein, aber das geht einfach nicht. Auch ich bin ja nicht so brav, wie ich sein möchte, oder so brav wie die andern, oder wie es die Mutter und der Vater erwarten. Hoffentlich merkt das keiner. Ich kann es nicht aushalten, wenn die Eltern traurig sind, wegen mir. Wenn sie wüßten, wie ich wirklich bin, dann wäre alles aus.

Der Vetter kommt zu Besuch und bleibt über Nacht. Wir liegen alle im dunklen Zimmer im Bett, der Vetter erzählt Gruselgeschichten. Er muß leise reden, damit die Mutter nicht merkt, daß wir noch keine Ruhe geben. Ich sehe nichts, außer daß die Fenster hinter den Vorhängen ein bißchen heller sind als die ganz schwarze Wand, aber ich höre, wie deutlich der Vetter die Buchstaben ausspricht und die Wörter mit den Lippen formt, so daß man sie vor sich sieht. Ich sehe auch das einsame Haus, von dem er erzählt, und die Leute darin, die auch im Bett liegen wie wir und schon von vornherein Angst haben, bevor überhaupt etwas passiert. Dann knallt es in stockdunkler Nacht, ein Schuß, dann noch einer und noch einer. Die Schüsse kommen aus dem großen dunklen Schrank. Die Leute in den Betten erschrecken zwar zu Tode, fassen sich dann aber doch ein Herz, stehen auf, machen das Licht an und den Schrank auf. Klebrige rote Flüssigkeit läuft ihnen entgegen – Blut, ganze Bäche. Auch von den Schranktüren, die jetzt offen stehen, läuft es zäh und rot herunter und tropft auf den Fußboden. Der Vetter macht eine Pause und nur ein Geräusch in der Kehle, weil alles so spannend ist. Dann gibt er uns die Auflösung seiner Geschichte. Es war nichts weiter als drei Flaschen mit Johannisbeersirup im Schrank, die waren vergoren und knallten ihre Korken heraus. Die Geschwister lachen und stöhnen empört über den blöden Schluß. Ich bin erleichtert, aber auch ein bißchen enttäuscht darüber, daß in dem großen dunklen Schrank nicht mehr war als nur Johannisbeersirup.

Der Vater liest morgens aus dem Losungsbüchle und abends aus der Bibel vor, von Aposteln und Episteln, da versteht man nicht viel, außer es geht um die Kamele aus Midian und Eva. Dann grinsen alle und schauen mich an. Der Vater erzählt nie Märchen, außer dem von den Bremer Stadtmusikanten, das gefällt ihm, weil die Tiere alle so alt und schwach sind und sich trotzdem irgendwie durchs Leben schlagen. Der Vater hat auch eine eigene Geschichte, die er gern erzählt, von Kindern, die ihre Klöße nicht essen wollen. Deswegen tragen sie sie hinaus und schmeißen sie in einen Brunnen. Drunten wohnen, was mir komisch vorkommt, Leute, die sich in Hunde verwandeln, wenn sie von den Klößen essen. Zum Schluß der Geschichte heißt es: Werft keinen Kloß mehr auf den Grund, sonst werden wir noch alle Hund. Wenn der Vater das sagt, lachen die Großen laut, obwohl sie alle sehr gerne und sehr viele Klöße essen. Bei uns bleiben nie Klöße übrig, die man in den Brunnen schmeißen könnte. Und wenn welche übrig bleiben, bekommt sie der Vater abends in Scheiben geschnitten und in Butter geröstet.

Das Schuljahr fängt an. Die Großen, die Buben und jetzt auch die Schwester haben Bücher, die sie für die Schule einbinden müssen. In großen Rollen liegt das Dachziegelpapier auf dem Eßzimmertisch, die gelbe Seidenlampe ist angemacht, damit man gut arbeiten kann. Der zweite Bruder kann es am besten. Er legt das Buch aufgeschlagen auf das Papier und schneidet drumherum ein Rechteck aus, nicht zu groß, weil das Papier teuer ist, aber auch nicht zu klein, damit auch der Buchrücken Platz hat. Die Nähschere mit den schwarzen Griffen darf er dabei nicht benutzen, sonst wird die Mutter fuchsteufelswild. Dann klappt er das Buch mit dem Papier zusammen und hält es mit der linken Hand am Rücken fest. Mit der rechten schneidet er oben und unten, wo der Rücken aufhört, in der richtigen Breite einen Keil ins Papier, den er dann hinter dem Rücken umklappt. Hier merkt man schon, sagt der Bruder, ob einer genau arbeitet oder nicht. Er selber schneidet und faltet so genau, wie wenn er einen Drachen bastelt. Der Drachen fliegt nur dann ganz hoch in den Himmel, wenn alles genau abgemessen worden ist. Der Bruder legt das Buch wieder auf den Tisch und schlägt das Papier von rechts und links ein. Die Teile oben und unten werden erst eingefaltet und dann nach innen umgeklappt, wobei das eingefaltete Papier, was das Schwierigste am Einbinden ist, mit den Fingerspitzen ganz glatt nach innen hinter den Einband geschoben werden muß. Jetzt hat das Einbindpapier vier schöne Ecken und scharfe Schrägfalten und wird mit vier braunen Klebstreifstückchen festgeklebt. Dann schreibt der Bruder mit Tinte vorne den Titel drauf, manchmal auch auf den Rücken, quer, wenn er breit ist, oder bei einem schmalen längs.

Unten im Regal stehen die Mader-Bücher in einer Reihe, ganz viele mit gleichen Rücken. Man kann immer eines herausnehmen, durchblättern und dann wieder in die Lücke einfügen, oder man kann aus allen Bänden einen Stapel bauen auf dem Parkett und einen nach dem anderen auf die Bilder hin durchschauen. Die meisten Seiten sind voll mit gedrucktem Text, nur ab und zu ist eine Bildtafel eingeheftet. Ich spüre schon am Daumen beim Blättern, wenn eine Bildtafel kommt, weil sie aus einem festeren Material als die anderen Seiten ist. Auf den Bildern sind Männer mit Bärten und Tropenhelmen, die tragen Knickerbocker über den Stiefeln und haben Ferngläser und sonstige Geräte dabei. Die Frauen sind schlank und weißgekleidet, mit schönen Taillen. Es gibt auch viele schwarzhäutige Menschen auf den Bildern, Neger, sagt der Bruder, die tragen die Sachen, große schöngeschnürte Bündel oder auch einmal eine weiße Frau in der Sänfte. Ich finde im Mader auch einen unglaublich dicken Baum, der so riesig ist, daß die Menschen neben ihm wie Zwerge aussehen. Der zweite Bruder, der den Mader gerne liest, sagt, das ist ein Affenbrotbaum in der afrikanischen Steppe. Wenn hinter dem Affenbrotbaum oder den Büschen der afrikanischen Steppe ein Löwe hervorkommt, oder auch ein Rhinozeros, dann haben die weißen Männer in den Tropenhelmen glücklicherweise immer ein Gewehr zur Hand.

Der Bruder erklärt mir die Bilder und liest mir die Titel vor. Aber manchmal denke ich, ich kann schon selber lesen: Friedrich Wilhelm Mader, Der König der Unnahbaren Berge. Tanganyika. Oder: Friedrich Wilhelm Mader, Wunderwelten. Dieses Buch erklärt mir der Bruder ganz besonders ausführlich: wie die Kapsel gebaut ist, in der die Wissenschaftler ins Weltall fliegen, von Stern zu Stern, und wie das technisch geht, daß die Kugel überhaupt so hoch fliegt und die Leute das aushalten, und wie man dann auch wieder bremsen und zum Beispiel auf dem Mond landen kann. Was der Bruder erklärt, ist mir bald zu langweilig, ich schaue mir lieber die Bilder an, auch das von dem Planeten, dessen Oberfläche ganz von weißen Würmern und augenlosen Schlangen bedeckt ist. Aus dem Wurmgewimmel heben sich überall schlaffe Enden hoch, wie Arme ohne Hände. Da müssen die Männer und die schlanken weißgekleideten Frauen nun hinüber.

Wir haben alle Scharlach, bloß ich nicht. Die Mutter hat alle sechs Kinder zusammen in ein Zimmer gesteckt, damit sie es einfacher hat, und mich dazu. Wenn ich mich anstecke, macht das nichts, das wäre sogar ganz praktisch, dann bräuchte man nicht später noch einmal rumtun. Ich stecke mich aber nicht an. Ab und zu kommt der Doktor und schaut nach, wie es allen geht.

Im Krankenzimmer ist es ziemlich lustig. Jeder, der hereinschaut, lacht. Alle lesen in Büchern mit Dachziegeleinband oder ärgern sich gegenseitig. Die Buben würden gerne rumturnen und raufen, aber das dürfen sie nicht, denn wer Scharlach hat, muß Ruhe geben. Ein Bruder der Mutter hat durch eine solche Krankheit einen Herzfehler bekommen und ist früh gestorben. Mir gefällt es, daß alle so gemütlich zusammen sind und so viel Zeit haben. Ich hole mir die Mader-Bücher und rede mit dem Bruder darüber.

Der Bruder hat auch noch ein anderes Buch, das er mir erklärt. Das ist groß und dick und in blaues Dachziegelpapier eingebunden, mit dem Titel vorne drauf in weißer

Tinte: Margarine-Voss-Album. In dem Album sind auf jeder Seite vier freie Kästchen für Tierbilder vorgesehen, die man sammeln und dann auf die richtige Stelle kleben muß. Dazu nimmt der Bruder Mehlpapp aus Mehl und Wasser. Der Mehlpapp hält nicht lange, bald fallen die Bilder wieder heraus, und man muß aufpassen, daß man keines verliert. Wenn man ein Bild doppelt hat, kann man es gegen eins eintauschen, das man schon lange sucht. Der Bruder hat es dabei nicht leicht, weil die Mutter keine Margarine kauft. Alle anderen Buben in seiner Klasse bekommen von ihren Müttern Margarinebilder, nur er nicht, weil die Mutter Butter besser findet. Endlich kriegt er die weiße Schneeeule und klebt sie voll Glück ins Album. Er zeigt mir die Tiere mit den lustigsten Namen, den Wiedehopf, das Mufflon, und lacht, weil ich nicht Griechische Landschildkröte sagen kann.

9. Von Weihnachten

Die Mutter hängt den Adventskranz auf. Sie hat den riesigen Kranz aus Tannenzweigen auf den Küchentisch gelegt und von zwei roten Bändern, die so breit sind wie meine Hand, die Enden jeweils einander gegenüber um den Kranz gezogen und mit rotem Faden festgenäht. Dazwischen steckt sie vier Kerzenleuchter aus Blech mit roten Kerzen. Jetzt braucht sie den Vater. Sie hebt die Bänder da, wo sie sich kreuzen, hoch und gibt sie dem Vater, der sich auf einen Stuhl im Wohnzimmer stellt, in die Hand. Der Vater nimmt ihr den Kranz ab und hängt die gekreuzten Bänder an den Haken in der Decke. Die Mutter zieht den Kranz noch ein bißchen hin und her, bis er an seinen Bändern, die jetzt richtig leuchten vor der weißen Wand, ganz gerade hängt, dann schiebt sie, indem sie selber auf den Stuhl steigt, oben in den Haken über das Fadenkreuz noch einen Tannenzweig. Sie steckt auch Tannenzweige hinter die Bilder, die an der Wand hängen, und sogar hinter den Spiegel über der Kommode. Der Vater ist schon längst wieder ins Studierzimmer gegangen.

Abends setzen wir uns ins Wohnzimmer und zünden die erste Kerze an. Wir sitzen jeden Abend im Wohnzimmer zur Andacht, der Vater liest aus der Bibel vor und wir singen aus dem Gesangbuch. Aber im Advent ist die Andacht schöner. Man kann sich auch schon auf Weihnachten freuen, aber das kommt erst, wenn alle vier Kerzen brennen. Die erste Kerze ist noch neu und spitz oben, wo der Docht herauskommt, den wir jetzt anzünden. Der Vater paßt auf, daß der Kranz nicht anbrennt. Wir singen Macht hoch die Tür, die Tor macht weit, aber nicht, obwohl das die große Schwester vorschlägt, Es kommt ein Schiff geladen, weil die Mutter dieses Lied nicht leiden kann. Da wird so oft Blockflöte dazu gespielt, sagt sie, und Blockflöten kann sie erst recht nicht leiden. Bei uns gibt es keine Blockflöten in der Familie, nur das Klavier, das muß der Bruder jetzt spielen mit einem eigenen Vorspiel zum Lieblingslied der Mutter, Tochter Zion freue dich. Der Bruder spielt aber lieber für sich allein Klavier und freut sich nicht bei der Tochter Zion.

Wir sind alle in der Küche und basteln für Weihnachten. Die Buben sägen mit der Laubsäge Engel aus, die die große Schwester auf das Holz gezeichnet hat. Das Sägeblättchen aus feinem Kupfer reißt, weil die Buben die Laubsäge nicht gerade und locker halten. Der große Bruder gibt den Buben eine Kopfnuß. Aber er lacht auch und spannt ein neues Sägeblättchen ein. Beim fertig ausgesägten Engel muß man die Ränder ganz sorgfältig mit Schmirgelpapier glattreiben, bis in die kleinste Kerbe hinein, und den Staub wegblasen. Dann wird der Engel angemalt. Ich würde gerne auch Engel anmalen, vor allem mit Gold, aber ich bin noch zu klein. Ich darf nur schmirgeln. Der Malkasten liegt auf dem Küchentisch aufgeklappt, in den Fächern auf seinem Deckel mischt die große Schwester dickes Deckweiß, das scharf und trotzdem mehlig riecht, in die Farben, damit die Kleider der Engel schön rosa und hellblau werden. Die Haare malt sie braun oder gelb, und zum Schluß die Flügel mit einem extra Pinsel golden.

Wenn die Engel fertig und getrocknet sind, werden die knieenden auf ein Brettchen mit Kerze gesteckt, den fliegenden wird ein kleines Loch durch den Kopf gebohrt für einen Faden zum Aufhängen am Christbaum. Alle Engel, die knieenden und die fliegenden, hat die große Schwester von der Seite gemalt, mit einer runden Stirn und runden Backen und einem Einschnitt dazwischen. Der große Bruder sagt, die Gesichter der Engel sehen aus wie ein Popo. Die große Schwester ärgert sich, aber sie lacht trotzdem.

Es ist Winter, wir fahren mit der Straßenbahn in die Stadt zum Christkindlesmarkt. Meine Füße sind kalt in den Stiefeln. Wenn die Füße so kalt sind, sagen die andern, soll man die Zehen einrollen und wieder ausstrekken, damit sie nicht erfrieren. Aber dafür ist es schon zu spät, meine Füße sind wie Eisklumpen im Schuh. Vielleicht erfrieren sie jetzt.

Der große Platz vor der Marienkirche ist vollgestellt mit Buden, von denen jede mit Tannenzweigen und Lichtern geschmückt ist. In der Mitte ragt ein Christbaum mit mindestens tausend Kerzen ganz hoch aus dem Budenmeer heraus. Es schneit ein bißchen. Jetzt, wo es dunkel wird, fängt der ganze Christkindlesmarkt zu glitzern und zu leuchten an mit Sternen und funkelnden Bäumchen. Die Mutter sagt, die Weihnachtsbeleuchtung in der Stadt ist zwar Verschwendung, aber da regt sie sich nicht auf. Es ist ihr lieber so als wie im Krieg, wo immer alles stockdunkel war wegen der Bombenflieger, sogar die Fenster hat man mit schwarzen Tüchern verhängen müssen.

Auf dem Christkindlesmarkt riecht es so, wie es sonst nirgends riecht, süß und heiß, so daß man fast vergißt, wie kalt es ist. Wir schauen uns die Zwetschgenmännle an. Man sieht die Frau in der Bude kaum, so dick ist ihre Auslage vollgestellt mit Zwetschgenmännlen, sogar von oben hängen sie herunter. Die Zwetschgenmännle haben Arme und Beine aus getrockneten Zwetschgen und Kleider darüber angezogen, jeder hat etwas anderes an, es gibt auch Weible mit Röcken und karierten Kopftüchern über dem Nußkopf. Man kann die Zwetschgen nachher nicht mehr essen, sagt die Mutter. Daheim dürfen wir Sachen zum Essen nicht zum Spielen verwenden, außer Mehl, das wir mit Wasser zu Mehlpapp verrühren, was aber nicht gescheit hält. Uhu hält besser, aber den kriegen wir, weil er zu teuer ist, nur ab und zu. Damit wir öfter Uhu kriegen, sagt der Bruder beim Mehlpappanrühren, mit Lebensmitteln spielt man nicht. Da kann die Mutter nichts mehr sagen, nur noch lachen.

Wir dürfen uns was kaufen auf dem Christkindlesmarkt, nur eines, und nicht zu teuer. Ich weiß bald, was ich will. Es gibt einen Stand nur mit Puppenküchensachen. Da stehen in der Auslage zwischen Engeln mit Tannenbäumchen Stöße von kleinen Tellern mit Röschen und Goldrand, Täßchen und Besteck mit einem Punktmuster außen herum, wie bei unserem großen Besteck daheim. Ein Herd glänzt mit einer Röhre richtig zum Aufmachen, darauf stehen Pfannen und Töpfe aus Kupfer oder Silberblech, mit Holzgriffen an den Henkeln wie Perlen und roten Knöpfen auf den Deckeln. Ich bekomme einen Topf, nicht aus Kupfer, das ist zu teuer, und ohne Deckel.

Wir steigen in die Straßenbahn und fahren heim. Die Lichter in der Straßenbahn scheinen trübe, wenn man gerade auf dem Christkindlesmarkt gewesen ist. Die Fenster über der Holzbank gegenüber sind schwarz und beschlagen. Es riecht nach kalter Luft und Mänteln, auf denen der Schnee schmilzt. Jetzt fällt mir wieder ein, daß ich meine Zehen, weil sie so kalt sind, nicht mehr bewegen kann, und daß sie vielleicht erfroren sind.

Es ist Weihnachten. Wir stehen vor der Tür des Weihnachtszimmers, die schon seit gestern, obwohl sie sonst immer offen steht, nicht mehr geöffnet werden darf. Man darf auch nicht durchs Schlüsselloch schauen, sonst bläst einem das Christkind die Augen aus, obwohl es so etwas wie ein Engel ist und eigentlich zu den Guten gehört. Weil es anders nicht auszuhalten war, habe ich am Vormittag, als niemand auf dem Gang war, doch einmal durchs Schlüsselloch geschaut, aber nichts gesehen, außer den Fenstern hinaus zur Pegnitz und Schatten, die davor hin- und hergingen, die Eltern, die ich jetzt betrogen habe. Das Christkind war noch nicht da, zum Glück.

Jetzt haben wir uns vor der Tür aufgestellt, der Größe nach, vorne der große Bruder, dann die große Schwester, dann die Buben, dann die Mädele, erst die Schwester und ich zum Schluß. Ich bin schon fast so groß wie sie. Aber auch wenn ich einmal größer bin als sie, darf ich nicht vor ihr in der Reihe stehen, weil sie zwei Jahre älter ist als ich. Der große Bruder vorne blödelt und die große Schwester lacht über seine Witze, die Buben streiten sich. Ich stehe am Schluß der Reihe und kann es nicht aushalten. Ans Schlüsselloch will ich nicht denken, die andern dürfen das auf keinen Fall wissen, dann hätte ich kein Recht mehr auf meinen Platz in der Reihe und dürfte, aber das kann man sich gar nicht vorstellen, womöglich nicht mit ins Weihnachtszimmer. Das mit dem Streuselkuchen und dem Vögele haben sie allerdings auch herausgefunden.

Vorne geht die Tür vom Eßzimmer auf, die Mutter läuft über den Gang in die Küche und wieder zurück. Sie zeigt uns ein feierliches, geheimnisvolles Gesicht, muß aber auch lachen über uns, wie wir zappeln in der Reihe und es nicht erwarten können. Ich höre, wie sie durch die Doppeltür vom Eßzimmer ins Wohnzimmer geht, es raschelt noch ein bißchen, dann endlich klingelt das Glöckchen, die Tür geht auf.

Das Wohnzimmer sieht ganz anders aus als sonst. Das Wichtigste ist der Christbaum in der Ecke, groß bis zur Decke und voller roter Kerzen. Alle Lampen sind aus, im Kerzenlicht sehe ich im Hintergrund die weißen

Decken auf dem Tisch, auf dem Buffet und der Kommode, wo die Geschenke liegen, aber die sind nicht das Wichtigste an Weihnachten, sagt der Vater, die kommen später dran. Während der Vater die Weihnachtsgeschichte vorliest, schaue ich mir die Kerzen an, die in silbernen Haltern an die Tannenzweige geklemmt sind, wie sie brennen, um den Docht herum blau, außen gelb, nach oben spitz und züngelnd. Jede Kerze hat ihre eigene Flamme, aber die verändert sich und bleibt nicht die gleiche, sie wird kleiner und größer und hüpft nach rechts und nach links. Manchmal ist sie mehr blau, manchmal mehr gelb, man weiß gar nicht, was sie eigentlich ist. Der Engel, der vom Zweig drüber herunterhängt, einer von denen, die wir ausgesägt und geschmirgelt und angemalt haben mit Deckweiß und Gold, der dreht sich langsam hin und her, so wie der ganze Christbaum in einer leisen Unruhe ist, auch die glänzenden Kugeln drehen sich über den Flammen und spiegeln sie manchmal und manchmal nicht, ein goldner Stern blitzt auf und verschwindet wieder im Schatten, die bunten Glasvögel auf den Zweigen sehen im Flackerlicht wie lebendig aus.

Wenn der Vater mit der Weihnachtsgeschichte fertig ist, singen wir Ihr Kinderlein kommet und schauen uns die Krippe an unten am Christbaum, ob alles so stimmt wie im Lied. Wir singen noch mehr Weihnachtslieder, werden aber allmählich ungeduldig, weil wir endlich die Geschenke sehen wollen, die auf ihren weißen Decken auf uns warten. Der Vater würde gerne noch ein Lied mehr singen und noch etwas aus der Bibel lesen, aber die Mutter sagt ach Hermann, was sie sonst nicht tut.

Während wir die Geschenke anschauen, paßt der Vater auf, daß der Christbaum nicht anbrennt. Ich denke, weil ich durch das Schlüsselloch eigentlich nichts gesehen habe, war es vielleicht gar nicht so schlimm. Trotzdem will ich dem Christkind jetzt nicht mehr begegnen.

Am Morgen nach dem Heiligen Abend wachen wir auf und erinnern uns, daß die Bescherung vorbei ist, auf die wir uns das ganze Jahr gefreut haben. Zuerst sind wir deswegen traurig, vor allem die Schwester, aber dann gehen wir im Nachthemd ins Wohnzimmer und schauen uns noch einmal alles an, den Christbaum, der jetzt nicht mehr so besonders ist, weil die Kerzen nicht brennen, die Krippe unter dem Baum, unsere Geschenke, und vor allem die Puppenstube. Die Puppenstube hat zwei Zimmer, aber keine Decke, damit man besser hinkommt und mit den Puppen richtig spielen kann. Wenn die Kinder ins Bett müssen, kann man sie durch eine echte Tür mit Drehgriff vom Wohnzimmer ins Schlafzimmer schicken und dort ins Bett unter die schöngenähte Bettdecke legen. Die Eltern bleiben noch gemütlich am Wohnzimmertisch sitzen, auf den Stühlen mit den geschwungenen Beinen unter der Stehlampe, und reden über die Kinder, wie schwierig sie wieder sind. Zum Schluß zieht der Puppenvater noch einmal das Klavier auf mit den schwarzweißen Tasten, das kann nur Ihr Kinderlein kommet spielen. Deswegen ist die Puppenstube nur an Weihnachten da. Das Klavier spielt die Melodie immer wieder von vorn. Es fängt ganz schnell an und wird immer langsamer und langsamer und bleibt dann, irgendwo im Lied, mit ein paar einzelnen müden Tönen ganz stehen.

Die Kinder haben ausgeschlafen, wir holen sie aus den Betten und setzen sie ins Wohnzimmer auf die Stühle. Jemand hat den Mädchen die Köpfe umgedreht, das sind sicher die Buben gewesen. Jetzt schauen ihre Gesichter mit den roten Bäckchen nach hinten, und die Zöpfe hängen vorn herunter.

Am Nachmittag kochen wir in der Puppenküche. Wir haben die Buben zum Essen eingeladen, weil man immer für viele Leute kocht. Wir füllen Wasser in den silbernen Topf und legen ein Esbitstückchen in den Puppenherd. Weil wir das Esbit mit dem Streichholz nicht ankriegen, müssen wir einen Bruder holen, daß er uns hilft. Dann stellen wir das Wasser auf die Flamme und warten, bis es kocht. Wir tun sogar den Deckel drauf, damit es schneller geht. Salz und Sternchennudeln haben wir in unserer Küche, die Mutter gibt uns noch ein Stück Gelbe Rübe für die Suppe. Weil wir mit dem Puppenmesser nicht durchkommen, müssen wir leider ihr Schneidteufele benutzen für die Gelbe Rübe, auch für die Apfelstückchen, die wir als Nachtisch vorbereiten. Zwischendurch schauen wir nach dem Wasser. Es hat zwar kleine Bläschen am Topfboden, so daß wir denken, es kocht gleich, aber es kocht einfach nicht, und das Esbit ist schon fast aus. Die Mutter wird ungeduldig, bei ihr muß alles schnell und praktisch sein. Sie sagt, wir sollen doch den großen Gasherd nehmen. Aber das kommt nicht in Frage, dann hat ja alles keinen Sinn. Wie das Esbit aus ist, stellen wir unseren Topf aber doch ein bißchen neben ihren großen auf die Asbestplatte.

Die Buben kommen zum Essen und zeigen gleich, daß sie überhaupt nicht in die kleinen Stühle passen. Sie fragen, ob auch alles appetitlich ist. Man muß vor dem Kochen die Hände waschen und darf auf keinen Fall mit einem Löffel, den man abgeschleckt hat, noch einmal zum Probieren in die Suppe langen. Dann graust es die Buben und sie essen nichts mehr. Die Schwester teilt die Suppe aus und sagt, eßt nur, es ist noch was draußen. Dazu füllen wir Gänsewein in die Gläser. Die Brüder fressen und schmatzen so scheußlich wie möglich. An den Nachtischäpfeln sägen sie mit den Puppenmessern herum, damit wir sehen, daß die gar nicht schneiden. Dann rülpsen die Buben und gehen. Wir spülen die Teller und Gläser in unserer Schüssel und trocknen sie mit unserem kleinen karierten Tuch, dann räumen wir das schöne Geschirr in den Puppenschrank und legen Messer und Gabeln getrocknet und getrennt in den grünen Korb in der Besteckschublade.

Das Jahr ist wie eine Welle. Ganz oben, wo es hell ist, ist der Sommer, auf dem Weg nach oben, schon nahe an der Sonne, ist der Mai, wo mein Geburtstag ist. Unten ist Winter, eine lange dunkle Strecke bis zum kleinen Lichternest von Weihnachten, und dann kommt ein kleines Türchen ganz im Finstern, das ist Silvester und führt ins Neue Jahr. An Silvester ist es wie im Krieg oder beim Jüngsten Gericht, man weiß gar nicht genau, ob es nach dem vielen Krach und Feuer überhaupt weitergeht.

Hinter dem Türchen geht dann der Mutter der Christbaum und das ganze Geschlamp auf die Nerven, sie will wieder alles aufgeräumt haben. Wir zünden die Kerzen ein letztes Mal an und singen die Lieder, die gar nicht mehr richtig passen, es wird schon ein bißchen geblödelt. Der Baum nadelt schon, und der Vater paßt besonders gut auf, daß er nicht anbrennt. Der große Bruder holt den neuen Staubsauger herein, den die Mutter bekommen hat, damit sie nicht mehr die ganze Wohnung mit dem Besen kehren muß. Der Staubsauger ist ein kleiner roter runder Turm, so ähnlich wie der Dicke Turm von der Nürnberger Burg, mit einem silbernen Dach und einem Schlauch an der Seite zum Saugen. Der Bruder zieht den Staubsauger, der ein bißchen hin- und herwackelt, auf seinen Gummirädchen herein. Er steckt den Schlauch nicht an die Seite, sondern auf eine Öffnung oben im silbernen Deckel, so daß der Staubsauger nicht mehr saugt, sondern bläst. So bläst der Bruder die Kerzen am Christbaum aus, bevor die Mutter zusammen mit den Großen den Schmuck abnimmt. Aufräumen tut das Christkind nicht, von dem ist jetzt überhaupt nicht mehr die Rede, da bin ich ganz froh.

10. Von Nürnberg und Erlangen

Wir gehen in die Stadt. Wir gehen durch die zwei hohen Flügel der Haustür auf den gepflasterten Weg vor dem Haus und dann durch das Gittertor, neben dem rechts und links die Fliederbüsche wachsen, hinaus auf die Straße. Wir gehen zuerst ein Stück die Straße vor, an der Sandsteinmauer entlang, die schwarz vom Krieg ist und oben mit ein bißchen Moos bewachsen. Hinter der Mauer ist unser Garten verborgen, mit dem Sandkasten und der Ökonomie und dem Weg hinunter zur Pegnitz, die um unsere Wiese fließt. Den Garten kann man von außen nicht sehen, nur wir wissen, daß er hinter der Mauer liegt. Bald biegen wir um die Ecke nach links, ich muß schnelle Schritte machen, damit mir die Großen nicht davonlaufen und um die Ecke sind und ich finde sie nicht mehr.

Wir stellen uns an das Schild mit dem grünen H und warten auf die Straßenbahn. Gegenüber an der Ecke ist die Löwenapotheke, in einem Haus, das aussieht wie ein hohes Stück Kuchen, dem man vorne die Spitze abgeschnitten hat. Dort ist die Tür, mit Säulen verziert, und zwei Fenster, durch die man die braunen Gläser und schwarzbeschrifteten Töpfe mit den Arzneien sehen kann. Über der Tür steht in einem schönen steinernen

Rahmen in steinerner Schrift Löwenapotheke, das kenne ich so genau, daß ich denke, ich kann es lesen. Als der Bruder noch nicht so gut lesen konnte, hat er gedacht, erzählt die Mutter, die steinerne Schrift heißt Löwenabortecke, und hat auf seinem Schulweg, der dort vorbeiführt, große Angst vor den Löwen gehabt.

Die Straßenbahn kommt. Wir steigen ein, die Mutter zieht mich an der Hand die hohen Metallstufen hinauf. Der Schaffner schiebt das Gitter vor den Stufen zu und hängt es ein, wir gehen von der Plattform in den Wagen. Unter den Fenstern sind auf beiden Seiten Bänke festgeschraubt, die aus lauter einzelnen Holzleisten bestehen. Vorne, wo die Beine an den Knien herunterhängen, sind die Bänke rund geformt. Wir sitzen und schauen die Leute gegenüber an. Der Schaffner kommt in Uniform und Mütze mit Schirm. An einem breiten schwarzen Lederband hängt ihm von der Schulter seine Kasse. Die hat für jede Sorte Münzen ein eigenes Röhrchen, dort steckt er die Münzen, wenn er sie bekommt, oben hinein und holt sie, wenn er sie braucht, unten, indem er die Taste hebt, wieder heraus. Er stempelt die Fahrscheine, reißt sie ab und gibt sie der Mutter. Dann zieht er schnell oben an der Schnur, die in Bögen von vorn bis hinten durch den Wagen hängt, und klingelt und ruft den Namen der nächsten Haltestelle. Der Schaffner muß aufpassen, daß er vor lauter Fahrscheinverkaufen das Klingeln nicht vergißt. Die Straßenbahn fährt um die Kurve und quietscht, dann ruft der Schaffner, nachdem er an der Schnur gezogen hat, unsere Haltestelle, wir steigen aus und sind in der Stadt.

Wir gehen zur Burg hinauf. Die Straße geht steil nach oben, das Pflaster ist kaputt und unregelmäßig und grau. Auch die Häuser an der Straße zur Burg hinauf sind grau und kaputt. Von einem Haus fehlt die Hälfte, es ist auf der Seite mit einer neuen Wand verschlossen worden, einer Ziegelwand ohne Fenster und ohne Unterbrechung bis zum Dachgiebel hinauf gemauert. Daneben ist eine Lücke, wo auf den Schutthaufen Kamillepflänzchen und kleine Büsche wachsen. Es ist hier aber nicht ganz so grau und leer wie in der Straße, von der ich träume, mit dem Teufel im Pflastersteinkeller. In meinem Traum bin ich allein mit der einen Hand in den Schuttbergen. Jetzt laufen Menschen herum in der Stadt, es riecht ein bißchen nach Kamille, und oben auf der Burg, die wir mit ihren Mauern und hochgebauten Türmen sehen können, während wir hinaufsteigen, sind Dächer mit roten Ziegeln gedeckt. Die Türme sind rund und haben flache runde Dächer, wie wenn man in einen Papierkreis bis zur Mitte hineinschneidet und ihn dann zu einem Chinesenhütchen zusammenschiebt und mit Mehlpapp festklebt. Wir sehen, während wir von unten immer höher kommen, auch deutlich gegen den Himmel zackige Zinnen über die ganze Länge der Mauern, wie in dem Lied Wachet auf, ruft uns die Stimme der Wächter sehr hoch auf der Zinne. Oben auf der Burg gehen wir durchs Rosengärtlein, wo die Rosen in Büschen und über einen Torbogen wachsen, in einen besonders dicken Turm, zum Tiefen Brunnen. Der Brunnen ist so tief, daß man lange zählen muß, wenn man einen Stein hineinwirft, bis der unten aufplatscht. Damit wir sehen können, wie tief der Brunnen ist, wird an einer langen Kette, an die eigentlich der Wassereimer gehört, ein Brett mit Kerzen, auf dem das Wachs im Luftzug spitzige Berge geformt hat, bis an den Grund des Brunnens hinuntergelassen. Während ich mich über den Brunnenrand beuge, um alles zu sehen, muß man mich festhalten, weil man doch leicht, wenn man sich zu weit hochzieht, hinunterfallen kann. Ich stelle mir unten die Familie vor, von der der Vater erzählt, die ruft, werft keinen Kloß mehr auf den Grund, sonst werden wir noch alle Hund, und was die sich denken, wenn Steine bei ihnen aufplatschen und ab und zu ein Brett mit brennenden Kerzen herunterkommt. Manche Besucher spucken sogar hinunter, um zu hören, wie es platscht. Aber die Spucke kommt nicht unten an, jedenfalls hört man sie nicht. Über die Spucke würden sich die Leute da unten erst recht nicht freuen.

Die große Schwester zeigt mir an der Burgmauer einen Hufabdruck im Stein. Wir stehen an der Mauer, wo es senkrecht hinunter in den Burggraben geht. Drunten sind kleine Beete angelegt, auf denen Kohlrabi und Ringelblumen in Büscheln wachsen. Ganz weit drüben, auf der anderen Seite, steigt die Grabenmauer wieder senkrecht hoch, da stehen Leute, ganz klein, und schauen zu uns herüber. Wir können nicht einmal hören, was sie sagen. Und über diesen Graben, sagt die große Schwester, ist vor vielen hundert Jahren der Ritter Eppelein mit seinem Pferd gesprungen. Er war auf der Flucht vor seinen Verfolgern und wußte, wenn sie ihn erwischen, ist alles aus. Das hat ihm, und vor allem seinem Pferd, die Kraft gegeben, mit einem riesigen Satz über den Burggraben und in die Freiheit zu springen. Der Huf des Pferdes hat sich dabei mit der Wucht des Sprungs so tief in den Stein eingegraben, daß er noch heute zu sehen ist. Man kann den Hufabdruck mit den Fingern abtasten und spürt ihn tief und deutlich im körnigen Stein der Mauer.

Die Schwester ist groß, fast so erwachsen wie die Mutter. Sie hat eine Taille und ein schönes Kleid für den Ball. Aber ich weiß nicht, ob ich ihr glauben soll. Nie weiß ich, wenn andere mir etwas erzählen, ob ich es glauben soll oder nicht. Ich will nicht auf dumme Geschichten hereinfallen wie das Hölzerne Bengele, das nicht weiß, wer die Guten und wer die Bösen sind. Meistens glaube ich alles, was mir die Großen erzählen, manchmal stimmt es und manchmal lachen sie mich aus und die Mutter sagt, du Guterle. Wenn der Hufabdruck in der Steinmauer nicht wäre, würde ich die Geschichte vom Eppelein nicht glauben.

Ich bin bei der Löwengroßmutter in Erlangen. Erlangen ist heller und gelber als das graue Nürnberg und hat nicht so viele Schuttberge. Die Löwengroßmutter wohnt in der Löwenichstraße, deswegen heißt sie so. An einer Ecke des Hauses wächst eine Glyzinie hoch fast bis zur Dachrinne und läßt ihre schönen lila Blüten wie Trauben nach unten hängen. Ich gehe an der Hand der Mutter hinauf zur Großmutter und rieche das dunkle Holz im Treppenhaus. Die Stufen knarren und glänzen und gehen nicht steinern geradeaus wie in Nürnberg, sondern vor den Fenstern um die Kurve. Auch die Wandtäfelung macht Kurven und Bögen. Vom Treppenhaus gehen wir durch eine große Tür mit buntem Glas zur Großmutter hinein. Bei der Großmutter sind die Türen zu, sie hat keinen langen hellen Gang wie in Nürnberg, aber Teppiche auf dem Parkett und eine gläserne Altane, von der aus man in den Garten hinunter bis zum Sandkasten schauen kann. Es ist ein ganz kleiner Garten mit Häusern drumherum. Da gibt es natürlich weder eine Wiese noch eine Pegnitz.

Die Mutter geht fort und läßt mich bei der Großmutter. Sie hat so viel zu tun und kann mich gerade nicht brauchen. Wenn sie mich bei der Großmutter läßt, kann sie ganz beruhigt sein, sagt sie, weil ich so brav bin. Einmal war ein Besuch da und hat gesagt, wenn er wüßte, daß alle Kinder so brav sind wie ich, dann wollte er auch eins haben.

Ich mag aber den Haferbrei nicht, den die Großmutter zum Frühstück macht. Der Haferbrei steht da in hohen goldgeränderten Tassen, die Füßchen haben, aber keinen Henkel, weil ich nicht bei der Henkelgroßmutter bin. Der Haferbrei ist lauwarm. Die Tassen gefallen mir, aber der Haferbrei darin hört nicht auf. Er ist fast so schlimm wie der Lebertran, den wir daheim im Winter essen müssen. Wenn die Mutter mit der Flasche und dem Löffel kommt, fangen wir gleich an und machen ein Getue. Die große Schwester sagt, man muß nur die Nase zuhalten und runterschlucken, dann schmeckt man nichts, aber das stimmt nicht. Zäh und ölig kommt der Lebertran vom Löffel, und wenn man die Finger wieder wegnimmt von der Nase, ist der dicke Fischekelölgeschmack überall.

Abends sitzen wir bei der Großmutter im Wohnzimmer am runden Tisch, die Tischtuchfransen reichen bis zum Boden. Die Großmutter hat auch eine Stehlampe wie in der Puppenstube daheim. Die Cousine sitzt auch da, und die Tante Hildegard, und vielleicht auch die Tante Rotraud, die sich mit der Tante Hildegard streitet, weil ihr alles nicht recht ist. Sie ist ausgebombt worden und ärgert sich jetzt, daß sie keine eigene Wohnung und keine Möbel mehr hat. Ich fürchte mich, wenn Erwachsene streiten. Bei uns in Nürnberg streiten die Erwachsenen nie, und wenn die Kinder streiten, dürfen sie das nicht.

Die Großmutter hat die Brille aufgesetzt und liest aus der Bibel vor. Sie hat eine helle Bluse an mit einer Brosche am Kragen. Am Hinterkopf hat sie einen Knoten, der aus einem geflochtenen Zopf besteht. Das weiß ich, weil ich die Großmuttter einmal nachts gesehen habe mit dem langen grauen Zopf den Rücken hinunter. Beim Lesen liegen ihre Augenlider wie dünne geäderte Schälchen über den Augäpfeln, die Nase dazwischen ist schmal und gebogen, auch die Lippen sind schmal und fein und spitzen sich ein bißchen, wenn sie eine Pause macht zwischen den Sätzen oder in der Bibel die eng bedruckten Seiten umblättern muß. Dann höre ich auch, wie die Uhr im Wohnzimmer tickt.

Ich spiele mit der Cousine und ihrer Freundin im Sandkasten. Von der Altane oben schaut die Löwengroßmutter zu uns herunter. Wir haben kleine Förmchen, die wir mit Sand füllen und dann, nachdem wir den Sand mit der Hand festgeklopft haben, mit Schwung, damit er nicht unterwegs herausfällt, auf den Rand vom Sandkasten knallen. Mit den Fingerspitzen heben wir vorsichtig den Förmchenrand, aber die Kuchen sind alle nichts geworden, sie bröseln und rieseln auseinander. Wir schauen nach oben, die Großmutter steht nicht mehr auf der Altane. Da stellen wir die große Blechgießkanne unter den Wasserhahn bei den Blumenbeeten und gießen aus den vielen kleinen Löchern Wasser auf den Sand, den wir jetzt mit den Händen zu Kuchenteig vermischen. Aber wir backen keine Kuchen, wir gießen immer mehr Wasser in den Teig. Aus dem Löcherkopf der Kanne kommen die Strahlen nicht gerade, sondern in einem Bogen gesprungen. Der Teig ist jetzt fast flüssig. Wenn man mit der flachen Hand draufhaut, schwabbelt er dumpf. Wir nennen ihn Babbel, langen mit den Händen hinein und schmieren uns damit die Arme voll und die Beine, werfen uns Babbelbatzen auf die Kleider und kreischen so laut, daß die Großmutter wieder heraus auf die Altane kommt.

Die Cousine ist so alt wie die Schwester, ich mache alles, was sie sagt. Ich schlafe auch mit ihr zusammen im Bett. Abends, wenn das Licht schon aus ist, schwätzen wir noch leise unter der Decke. Die Cousine erzählt mir von ihrem Vater. Der ist in den Krieg gezogen, aber nicht zurückgekommen, er ist vermißt, sagt die Cousine, natürlich warten sie noch auf ihn, aber viel Hoffnung haben sie nicht mehr. Sie kennt den Vater gar nicht, weil sie ihn noch nie gesehen hat. Manchmal sagt sie auch: er ist verschollen.

Verschollen. Bei dem Wort denke ich an den langen Gang unter dem Predigerseminar in Nürnberg, an den verschütteten Eingang, den nur wir kennen, und dann den langen Gang mit den Schuttbrocken und den Schlangenrohren aus den Wänden, der Gang ist länger, als man sich vorstellen kann, und dunkel, ganz in der Ferne nur ein bißchen Licht.

Der Mann von der Tante Rotraud ist nicht gefallen und auch nicht verschollen. Aber er ist auch nicht da. Was mit dem los ist, sagt niemand.

Weil der Vater der Cousine verschollen ist, muß die Tante Hildegard, die die Mutter der Cousine ist, den ganzen Tag als Ärztin im Krankenhaus arbeiten, obwohl sie viel kleiner ist als die Mutter. Sie ist aber immer lustig und weiß, wie alles geht. Es gibt keine Männer oder Buben in der Wohnung der Großmutter, und auch kein Studierzimmer. Einen Großvater gibt es auch nicht. Ich weiß gar nicht, wer hier die Schuhe putzt. Weil es keinen Vater gibt, muß die Großmutter aus der Bibel vorlesen. Mir gefällt das Treppenhaus und die Altane mit dem seltsamen Geruch hinter dem Glas, aber es ist merkwürdig bei der Großmutter, weil so wenig Leute in der Wohnung sind, und gar keine Buben.

Am Sonntag gibt die Tante Hildegard der Cousine und mir ein Fünferle, wir sollen in den Kindergottesdienst gehen und dort das Fünferle in den Klingelbeutel tun. Die Cousine hat eine andere Idee. Wir gehen erst ein Stück wie zur Kirche, dann setzen wir uns auf eine Bank und warten ziemlich lang, bis wir denken, daß der Kindergottesdienst aus ist. Dann gehen wir weiter bis zu einer Ecke, wo eine Frau mit einem kleinen Wagen steht. Für unser Fünferle nimmt die Frau eine der ineinandergesteckten Waffeltüten und holt mit einem Löffel Eis aus dem Wagen und setzt es in die Waffel. So etwas habe ich in meinem ganzen Leben noch nicht gegessen.

Am Abend haben wir beide Durchfall. Wir müssen in Wasser aufgelöste Kohle essen und gleich ins Bett. Das kommt davon, sagt die Tante Hildegard, weil ihr ein Eis gegessen habt. Die Großmutter nickt mit ihrem geflochtenen Knoten, auch sie scheint alles zu wissen. Das ist wie beim Jüngsten Gericht, wo der Liebe Gott alles weiß, auch wenn man ganz sicher ist, er kann es nicht gesehen haben.

Wie die Mutter mich abholt, sagen die Tante Hildegard und die Löwengroßmutter trotz dem Babbel und dem Durchfall, daß ich brav war. In Nürnberg wundere ich mich über die breite steinerne Treppe und den langen Gang zwischen den Türen. Ich gehe in den Garten und schaue, wie es den Geißlein in der Ökonomie geht und ob der Storch über die Wiese läuft. Dann gehe ich in die Küche und frage die Haustochter nach dem Teufel und dem Jüngsten Gericht. Ich will wissen, wie streng der Liebe Gott dann ist, ob zum Beispiel Leute, die einmal gelogen oder Geld nicht in den Klingelbeutel getan, sondern für Eis ausgegeben haben, zum Teufel in die Hölle kommen. Die Haustochter lacht ein bißchen und zuckt mit den Schultern. Die Mutter oder gar den Vater traue ich mich nicht zu fragen, dann müßte ich ja alles erzählen. So habe ich auf jeden Fall Angst vor dem Jüngsten Gericht und freue mich auch nicht auf den Jüngsten Tag, wie die Mutter sagt, daß wir sollen.

11. Von mir

Ich habe einen neuen Bruder bekommen. Woher der auf einmal kommt, weiß ich nicht. Manche sagen, der kommt davon, daß der Storch so oft auf unserer Wiese drunten bei der Pegnitz herumgegangen ist, und lachen dabei. Deswegen glaube ich es nicht. Manche sagen, der Liebe Gott hat ihn gebracht, und lachen nicht. Das kommt mir auch komisch vor. Keiner erklärt mir richtig, woher das Brüderle kommt. Wir sollen uns auf dem Gang versammeln, sagt der Vater, dann dürfen wir es gleich sehen. Da fällt ihm ein, daß wir keine Blumen haben. Der Bruder muß seinen Detektor auf die Seite legen und in den Garten hinunter, um Blumen zu holen. Bald kommt er zurück, die Faust voller Vergißmeinnicht, von denen unten die Wurzeln mit Erdbatzen herunterhängen. Er kann nicht so gut Blumen pflücken wie Klavier spielen und ärgert sich, weil alle lachen über die Wurzeln. Der Vater macht die Tür zum Schlafzimmer auf. Da liegt die Mutter im Nachthemd, obwohl Tag ist, im Bett und sieht zufrieden aus. Neben dem Bett steht eine Wiege aus dunklem Holz, mit drei Holzknöpfen auf jeder Seite, an denen man sie anfassen und schaukeln kann. Von hinten biegt sich eine Metallstange über die Wiege, von der ein weißer Vorhang fällt, wie ein Zelt oder ein ganz leichtes spitzes Dach. Darunter liegt ein Kopf auf dem Kissen, rot und winzig, und schläft. Die Augen unter seinen abstehenden schwarzen Haaren sind nur zwei Striche zwischen Falten. Das ist also das Brüderle. Ich bin nicht mehr die Jüngste in der Familie.

Ich liege auf der Wiese unten bei der Pegnitz. Wo die andern sind, weiß ich nicht. Auch der Storch ist nicht da. Ich liege auf dem Bauch, den Arm über dem Kopf, und schaue durch das Dreieck, das meine Achsel bildet, ins Gras. Die Halme vor meinen Augen wachsen nicht gerade nach oben, fast alle neigen oder beugen sich in die eine oder andere Richtung, sie kreuzen und berühren sich so oft, daß ich es nicht zählen kann, obwohl der Ausschnitt unter meinem Arm ja ganz klein ist, wenn man an die ganze große Wiese denkt. Von unten wächst das Gras in breiten Blättern mit einem Knick in der Mitte, manche Blätter sind besonders breit und laufen mit mehreren Längsrillen oben zu einer Spitze zusammen. Ich sehe die Kleeblätter, die im Gras nur bis zur halben Höhe reichen, nicht bis ganz nach oben, wo die helle Sonne scheint. Alle Kleeblätter, die ich sehen kann, haben ganz normal drei kleine Scheibchen an ihren Stielen. Auf einem sitzt ein Junikäfer, der unter meinem Arm durch ganz groß und nah aussieht. Er breitet seine Flügel aus, erst die glatten roten Deckel mit den Punkten, dann die verknitterten schwarzen darunter. Er will aber nicht wegfliegen, gleich faltet er alles wieder zusammen. Er hat nur geübt und bleibt sitzen.

Ich suche oft nach einem vierblättrigen Kleeblatt.

Dann nehme ich mir ein Stück Wiese vor und schaue ein Blatt nach dem andern an. Wenn ich eins fände, dann hätte ich immer Glück und alles wäre gut. Die Schwester sagt, ein vierblättriges Kleeblatt darf man nicht suchen, das muß man finden. Aber ich habe noch nie eines gefunden, höchstens fast, so wie ich schon fast die Zwerge gesehen habe, ein paarmal.

Die Kleeblüten sind, wenn man genau hinschaut, wie viele winzigkleine rötliche Flämmchen, von denen jedes einzelne oben etwas offensteht, für die Biene, die jetzt kommt und nach Honig sucht. Zwischen den Kleeblüten ragen starke Grashalme nach oben, an Gelenken geknickt wie die nackigen Knie der Buben. Wenn man die Halme von unten gegen das Sonnenlicht anschaut, sehen sie ganz verschieden aus, wie dicke grüne Würste oder auch dünn und schlank gefiedert oder auseinandergesprüht wie ein Schleier oder ein Wasserfall.

Ich stehe auf. Hinter mir höre ich die Pegnitz um den Bogen rauschen und in den Weidebüschen gurgeln. Ausser mir ist niemand da. Die Wiese sieht jetzt wieder aus wie normales grünes Gras mit ein paar Blumen drin. Ich schaue hinauf über den Weg zwischen Tomatenstöcken und Johannisbeersträuchern bis zum Haus, weit weg und kleiner als sonst dort oben mit seinen Fenstern. Die Tür zum Garten steht offen.

Die Mutter hält mich an der Hand, wir gehen zur Straßenbahn. Ich bin allein mit ihr und habe wie immer den Mund offen. Wenn ich andere Leute anschaue, wundere ich mich, daß sie die ganze Zeit den Mund zu haben, außer wenn sie reden oder essen oder gähnen. Mein Mund steht immer offen. Wenn ich ihn zumache, kriege ich keine Luft. Die Buben sagen, ich schnorchle. Deswegen gehen wir jetzt zum Doktor, weil meine Rachenmandeln herausmüssen. Bei Rachen denke ich an einen großen Hund oder an einen Löwen, an dessen Apotheke wir jetzt vorbeigehen zur Straßenbahn. Ich gehe gern allein mit der Mutter. Auch beim Doktor kümmern sich alle um mich. Eine Frau, die einen weißen Mantel trägt wie die Frau von der Höhensonne, nimmt mich auf ihren weichen Schoß, hält mir ein Tuch vors Gesicht und fragt, ob ich schon zählen kann. Natürlich kann ich zählen, bis hundert mindestens, aber ich komme nicht weit, das Tuch riecht so merkwürdig. Ich schwebe ins Weltall hinauf wie in den Wunderwelten, alles ist ganz weit und blau, ich bin allein, über allem, und die Sonne scheint auf mich und die ganz ruhig durchs Blau dahinziehenden Planetenkugeln. Wie ich aufwache, tut mir der Hals weh und alle sind sehr nett zu mir und sagen, ich war tapfer und habe beim Chloroform bis neun gezählt. Zuhause werde ich ins Bett gelegt und gepflegt. Die Geschwister kommen und schauen mich an, weil ich operiert worden bin. Einer muß gehen und Eis kaufen, extra für mich und meinen Hals, sonst kriegt keiner was davon. Es ist Vanilleeis und schmeckt wunderbar.

Weil ich krank bin, erzählt mir die Mutter das Märchen von Brüderchen und Schwesterchen, das ich so gerne höre. Der Anfang ist natürlich unangenehm, wie die böse Stiefmutter die Kinder aus dem Haus treibt, aber dann sind Brüderchen und Schwesterchen gleich im Wald. Die Quellen murmeln zwar gefährlich, das Brüderchen trinkt daraus, aus Gier, was natürlich nicht schön ist, aber es verwandelt sich zum Glück nicht in einen Tiger oder einen Wolf, sondern nur in ein sanftes Rehchen, das sich vom Schwesterchen am Band durch den Wald in ein Hüttchen führen läßt, ein Mooshäuschen wie unseres aus Zweigen und Tannenzapfen in einer schönen Lichtung. Dort leben die zwei und spielen und haben es gut. Zum Schlafen kann das Schwesterchen seinen Kopf auf das Fell des Rehchens legen.

Wenn die Mutter dann von der königlichen Jagd und dem Hifthorn erzählt und dem Rehchen, das es im Hüttchen nicht mehr aushält, sondern sagt: ich soll und muß hinaus, dann denke ich schon wie sie, daß das Rehchen ziemlich unvernünftig ist. Da muß ja am Ende was passieren. Und siehst!, sagt die Mutter, tatsächlich, das Rehchen wird bei der Jagd draußen verletzt, es ist Schluß mit dem schönen Leben im Hüttchen. Allerdings kommt gleich der König und macht das Schwesterchen zu seiner Frau, das Rehchen ist jetzt ein Reh und das Schwesterchen eine Königin, die allerdings leider von der bösen Stiefmutter im Bad erstickt wird. Dann kommt die Stelle, die die Mutter besonders gerne erzählt, wo die Königin zurückkommt, nachts, um nach ihrem Kind zu schauen, im langen Nachthemd, wie die Mutter manchmal, wenn sie nachts hereinkommt, die Haare nicht mit den Nadeln im Knoten festgesteckt, sondern dunkel und lang über dem weißen Hemd, so daß sie ganz fremd aussieht. Sie nimmt das Kind in den Arm und sagt: Was macht mein Kind, was macht mein Reh? Jetzt komm ich noch einmal und dann nimmermeh. Zum Glück bringt der König alles in Ordnung, das Nimmermeh ist abgewendet, die Mutter bleibt da und geht nicht auf und davon.

Der große Bruder sagt, es heißt nicht ich dürf. Ich habe ihm gerade erzählt, die Mutter hat gsacht, ich dürf in Gartn, ers Geißle anschaun. Jetzt erklärt mir der große Bruder, daß das alles falsch ist. Das Verb heißt zwar dürfen, sagt er, aber wenn man es ordentlich konjugiert, heißt das ich darf, du darfst, er darf, und dann erst kommt wir dürfen. Das glaube ich dem großen Bruder nicht, auch wenn er aufs Gymnasium geht und Latein und Griechisch lernt. Er will mich wieder ausschmieren. Der große Bruder grinst, aber er besteht darauf, daß er recht hat. Das kann aber auf keinen Fall sein. Ob ich etwas dürf oder nicht dürf, ist doch ganz wichtig, jeden Tag frage ich die Mutter viele Male, dürf ich dies oder das, und sie sagt, ob ich dürf oder nicht dürf. Die Mutter sagt auch dürf, alle sagen das, auch der Vater. Wenn der große Bruder recht hätte, dann wäre etwas falsch, was wir alle jeden Tag sagen und für richtig halten und gar nicht anders kennen. Wir würden alle zusammen, die ganze Familie, etwas falsch machen. Das kann nicht sein. Ich boxe an dem großen Bruder herum, weil er nicht nachgibt, und fange vor Wut an zu heulen. Da sagt er, es heißt auch nicht ers Geißle, sondern das Geißlein, genauso wie es das Leben heißt und nicht ers Lem.

Eine Tante, vielleicht die Tante Magda, fragt, ob ich später auch einmal so viele Kinder haben will wie wir. Ich sage, ich will später einmal einundachtzig Kinder haben. Alle, die herumstehen, auch die Tante, lachen laut und wollen gar nicht mehr aufhören, so daß ich keine Möglichkeit habe, zu erklären, was ich eigentlich meine. Ich wollte eigentlich achtzehn sagen, achtzehn Kinder will ich einmal haben, das wäre ja schön, einundachtzig sind natürlich viel zu viel. Ich bin auf meinen eigenen alten Trick hereingefallen.

Als ich noch klein war, vielleicht letztes Jahr, hat die Mutter mich am Abend, als ich schon eingeschlafen war, aber die Großen nicht, oft noch einmal aus dem Bett geholt und zur Sicherheit auf den Topf gesetzt. Der große Bruder und manchmal auch seine Freunde, wenn sie da waren, stellten mir dann Rechenaufgaben. Was ist zehn mal sechsunddreißig? Oder zehn mal neunundvierzig? Ich war zwar halb im Schlaf beim Sitzen auf dem Topf, habe aber genau gewußt, was zu machen war. Ich mußte nur die Zahlen umtauschen, hundert dazwischensetzen und das zig ans Ende. Dreihundertsechzig, vierhundertneunzig. Es war ganz einfach, nur ein Bluff, wie der große Bruder sagt. Der hat mir erklärt, was bluffen heißt. Nur bei achtzehn und einundachtzig ist es ein bißchen schwieriger. Alle denken jetzt, ich kann gut rechnen. In Wirklichkeit kann ich nur bluffen. Jetzt, wo sie alle über mich lachen wegen der einundachtzig Kinder, müßte ich eigentlich zugeben, was für ein Bluffer ich bin. Aber das trau ich mich nicht.

Von der Schwester weiß ich, wie die Buchstaben und die Zahlen auf dem Papier aussehen, und wie sie heißen. Aber die Buchstaben und die Zahlen sind nicht einfach schwarz, sondern haben ihre eigenen Farben in meinem Kopf, vor allem, wenn ich die Augen zumache. Das a zum Beispiel ist blau, so wie der Vierer, das t grün wie der Fünfer und der Dreier rot wie das i. Zweier und e sind beide gelb, Neuner und u dunkelbraun. Das b gehört zum helleren, häßlichen Braun vom Sechser. Nicht überall ist es so klar. Zum Beispiel weiß ich nicht richtig, welcher Buchstabe zum violetten Achter paßt, und der Einser und der Siebener sind irgendwie farblos, nicht einmal richtig weiß. Trotzdem ist an vielen Stellen zwischen Zahlen und Buchstaben eine feste Brücke aus Farbe. Wenn ich zähle und dabei die Augen zumache, stehen die Zahlen in ihren Farben bunt hintereinander und die passenden Buchstaben daneben.

Ich erzähle den anderen, daß der Fünfer grün und der Vierer blau ist und zum a gehört. Sie verstehen aber nicht, was ich meine. Es interessiert sie auch nicht. Zahlen und Buchstaben sind für alle gleich, darüber kann man sich vernünftig unterhalten. Bei den Farben, die dazugehören, ist das, scheint es, anders. Das sind vielleicht nur meine, obwohl sie doch so schön und klar in meinem Kopf geordnet sind. Die andern haben keine solchen Farben im Kopf und lachen mich deswegen aus. Sie denken, ich spinne. Da mache ich schnell Kunststückchen, lasse die Zunge so weit heraushängen, daß sie anfängt zu zittern, das kann nur ich, oder ich verstopfe die Nase mit zwei Fingern und blase sie auf, oder ich rülpse auf Kommando, das bringt mir die Achtung der Buben ein.

Ich soll den Vater zum Essen holen. Er sitzt im Studierzimmer am Schreibtisch und ist noch nicht ganz fertig mit seiner Predigt. Er merkt gar nicht richtig, daß ich da bin. Erst schaue ich ihm ein bißchen zu. Er schreibt nicht normale Buchstaben, wie sie die Schwester in der Schule lernt, sondern Stenographie. Das geht schneller und braucht nicht so viel Papier. So hat er immer nur einen kleinen Zettel dabei, wenn er auf die Kanzel steigt.

Dann schaue ich im Studierzimmer herum. Zwischen den Bücherregalen hat der Vater ein Bild hängen, das mir überhaupt nicht gefällt. Da sitzt eine ziemlich alte Frau mit einem dürftigen Schleier überm Kopf, unter dem man sich kaum Haare vorstellen kann, die sieht völlig abgehärmt und müde aus. Die Augenlider hängen ihr herunter, die Backen auch, so als ob sie zu nichts mehr Lust hätte. Als ob sie nicht einmal mehr auf und davon laufen könnte. Auch die Schultern hängen müde herunter. Mit dem einen Arm hält sie ein Baby, das auf ihrem Schoß sitzt, still wie ein Ölgötz. Das soll wohl so alt wie das Brüderle sein, sieht aber ziemlich blöd aus. Sein Kopf ist viel zu klein und die Arme und Beine langgezogen, während das Brüderle die dicken Fäuste und Füße an den Bauch zieht und zappelt wie ein Frosch. Außerdem schaut das Kind sehr mürrisch aus seinem weißen Zeug. Auf der anderen Seite vom Schoß der Frau kommt einer hoch, der wohl am Boden kniet, das sieht man nicht, der Fußboden ist nicht auf dem Bild. Der Mann schaut zwar hoch, aber die alte Frau nicht richtig an. Er hat ein grobes Gesicht, das man nur von der Seite sieht, irgendwie aufgedunsen, mit einer dicken Nase. Am schlimmsten sind die Haare. Die haben eigentlich gar keine Farbe und hängen gerade herunter, wie ein Strohdach, ein bißchen schräg nach hinten, weil er den Kopf hebt. Sein Hinterkopf ist so flach, daß der Mann wie ein Depp aussieht.

Der Vater sagt, das ist kein Mann, sondern ein Kind, und er findet, es sieht mir ähnlich. Er mag das Bild ganz besonders gern. Hans Holbein, ein großer Künstler, hat es gemalt. Das ist allerdings schon ein paar hundert Jahre her. So wie auf dem Bild stellt der Vater sich eine Mutter vor. Der Vater zeigt mir ein Buch, das er geschrieben hat, da ist genau das scheußliche Bild vorne drauf.

Nach dem Essen stelle ich einen Stuhl vor den Spiegel im Bad und kämme mit dem Kamm der Mutter die Haare nach hinten. Sie sollen sich über der Stirn wie ein schöner Berg wölben und dann in großem Bogen nach hinten wellen. Das tun sie aber nicht. Sobald ich den Kamm herausziehe, fallen sie oben am Kopf auseinander wie ein Dach und hängen nach beiden Seiten wie Stroh über die Ohren. Wie der Hinterkopf aussieht, kann ich mir vorstellen.

Ich sitze auf der Schaukel im Gang und schaukle ein bißchen. In der Küche wird gerade nicht gespült, sonst wäre es gefährlich, auf der Schaukel zu sitzen, weil man dann sofort zum Helfen gerufen wird. Es ist niemand auf dem langen Gang zu sehen, aber ein paar Türen stehen offen und lassen ihr Licht herein. Neben der Schaukel hängen die zwei Ringe an Seilen, die man mit einer glänzenden Metallschnalle in der Länge verstellen kann. Die Ringe sind auch aus Metall und haben da, wo sie am Seil hängen, eine Ausbuchtung. Wo man sie anfaßt, sind sie mit Leder überzogen.

Ich stecke die Beine bis zu den Knien durch die Ringe und lasse mich mit dem Kopf nach unten hängen. Das tut ein bißchen weh in den Kniegelenken, ist aber zum Aushalten. Jetzt ist der Zickzackholzboden die Decke, ich schaue auf die Lampen hinunter. An der Decke klebt die Kommode, wo die Bänderschachtel aufgeräumt ist, und der große Schrank mit dem Mantel und Hut der Mutter. Die Türen sind hoch wie die Fenster, und wie ich jetzt zu schwingen anfange, schwingt auch ihr Lichtschein hin und her. Noch immer ist keiner über den Gang gelaufen, es ist fast, als wäre ich allein in der Wohnung. Beim Schwingen hängen meine Haare nach unten und wehen wie die Haare einer Prinzessin.

Wir singen im Spätzleinbuch mein Lieblingslied Was eilst du so, du Bächlein froh. Links auf der Seite, schmal von oben nach unten, ist das Bächlein mit ganz feinen Strichen gezeichnet, wie es als Quelle aus dem Gebirge entspringt und dann als kleiner Wildbach Wasserfälle hinunterschäumt. Etwas breiter schon dreht es mit Kraft das Mühlenrad und fließt an der durstigen Schafherde und an der Wiese vorbei, wo die Bleicherin ihre Tücher ausgebreitet hat und mit dem Wasser des Bächleins begießen will. Dann zieht es als großer Fluß unter den Brücken der Stadt hindurch und am Ende als breiter Strom ins Meer, wo die großen Segelschiffe in die weite Welt hinaus fahren. Unterwegs bedient es alle, an denen es vorbeifließt, aber wenn die denken, das sei ihr Bächlein, dann täuschen sie sich. Es gehört weder den Schafen, noch der Bleicherin, und auch nicht dem Müller. Es kommt nur einfach kurz vorbei und hat noch Wichtigeres zu tun, es sieht nachher ganz anders aus, wird groß und stolz und breit und strömt ins weite Meer hinaus.

Ich bin im Schlafzimmer der Eltern und turne am Gitterbettchen des kleinen Bruders herum, der da gerade nicht drinliegt. Die karierten Gitter sind weiß lackiert und an einer Längsseite zum Herausnehmen. Ich klettere ins Bettchen, stütze die Hände auf die Seitenleisten und schwinge mit den Beinen hin und her, während ich mich mit dem Vater unterhalte.

Der Vater bindet sich die Krawatte vor dem Spiegel. Ich bin nicht oft dabei, wenn der Vater sich an- oder auszieht. Er reckt das Kinn aus dem weißen Hemdkragen, den er hochgestellt hat, und macht dabei ein ganz wichtiges Gesicht. Zuerst hat er die Krawatte wie ein Band um den Hals gelegt und schlingt sie dann zu komplizierten Schlaufen, durch die er immer wieder ein anderes Ende holt. Zum Schluß zieht er sie fest und ruckelt den Knoten noch ein bißchen hin und her, bis alles stimmt. Dann klappt er den Hemdkragen herunter.

Während der Vater die Krawatte bindet, erzählt er mir, daß wir von Nürnberg wegziehen, weil er Rektor von einer Diakonissenanstalt geworden ist. Diakonissenanstalt ist ein noch längeres Wort als Predigerseminar. Die Diakonissenanstalt liegt in Neuendettelsau. Zuerst will ich das nicht glauben und kichere über den blöden Namen, aber der Vater redet so bestimmt, daß es wohl kein Witz ist. Ich sage dem Vater gleich, daß ich da nicht mitgehe. Ich gehe doch nicht von hier weg. Das kann ich mir gar nicht vorstellen. Hier ist der Garten mit den Beeten und der Wiese, um die die Pegnitz fließt, hier ist der Storch und die Ökonomie mit den Kühen und den Geißlein, hier ist der Sandkasten und das Haus mit den hohen Fenstern, die Küche mit der Kochkiste und die Schaukel mit den Ringen auf dem Gang. Da bin ich doch immer und schon immer gewesen, wie kann ich da fort. Überhaupt wohnen wir hier und können schon deshalb nicht weg.

Der Vater lacht ein bißchen und erklärt mir, daß die Diakonissen dort ihn gewählt haben und er jetzt ihr Rektor sein muß. Das ist wichtiger als alles andere. Wahrscheinlich will es sogar der Liebe Gott so. Ich setze mich auf das Gitter und bamble mit den Füßen dagegen. Dann bleibe ich eben alleine hier, sage ich dem Vater. Schon während ich das sage, weiß ich, daß das unmöglich ist.

Die Löwengroßmutter ist da, die Henkelgroßmutter und der Großvater, die Tante Hildegard, die Tante Rotraud und andere, vielleicht auch die Tante Magda und der Onkel Hans. Sie reden vom Krieg und anderen Sachen. Die Doppeltüre zwischen Eßzimmer und

Wohnzimmer steht offen, beide Zimmer sind voller Leute, die laufen hin und her oder sitzen irgendwo und reden und lachen. Jemand spielt ein bißchen auf dem Klavier. Ab und zu geht die Tür zum Gang auf, Essen wird hereingebracht oder Geschirr hinausgetragen. Füße gehen über das dunkle, überall leise knarrende Parkett. Das Wohnzimmer, in dessen Mitte ich stehe, ist voller Geschwister und Familie. Durch die hohen Fenster hinaus zum Garten und zur Pegnitz kommt hell das Licht herein. Das Licht fällt auf den Holzboden in gefächerten Strahlen, in denen der Staub tanzt. Manchmal geht einer von der Familie zwischen mir und den Fenstern durch, dann sind die Strahlen kurz unterbrochen.

Ich stehe mitten im Wohnzimmer und bin auch von so einem Lichtstrahl umgeben, obwohl der vom Fenster gar nicht bis zu mir reicht. Vielleicht ist es auch kein Licht, sondern eine Hülle, oder eine breite Linie um mich gezogen, wie wenn ich eine Schüssel aufs Papier stelle und mit dem Bleistift einen dicken Strich drum ziehe, damit ich nachher einen Kreis habe, den ich ausschneiden kann. Was in der Linie ist, bin ich. Was außerhalb ist, sind die andern. Ich bin herausgenommen.

Das ist ein seltsames Gefühl. Die Linie ist auch ein bißchen nebelig. Wir sind doch viele und füllen die Zimmer und die Wohnung. Wir klingeln dreimal und spielen im Gang Dunkler Jäger oder Talerklopfen am Eßzimmertisch. Wir gehen am Sonntag erst in die Kirche und dann im Nürnberger Steckerleswald spazieren und sammeln Pilze und Beeren in der Sommerfrische. Wir haben Angst vor Hunden. Wir freuen uns auf Weihnachten, wir schauen den Kerzenflammen beim Herumspringen zu. Wir singen zusammen aus dem Owiewohl. Wir sagen alle ich dürf und ers Lem.

Ich überlege, was davon die Linie einschließt. Was ich bin. Ich bin nicht die Schwester, weil ich keine Locken habe wie eine Wolke ums Gesicht. Ich bin nicht die Buben, weil ich ein Mädele bin. Ich bin nicht die große Schwester, das ist sowieso klar, ich habe ja nicht einmal eine Taille, ich bin auch nicht der große Bruder und schon gar nicht die Eltern. Der kleine Bruder kann ich nicht sein, weil ich ja schon da war, als der kam, und mitbekommen habe, wie er auf einmal neu in der Holzwiege unterm weißen Vorhang lag. Wenn ich mich in der Familie finden will, muß ich die Eva nehmen. Jemand anders kommt nicht in Frage. Die ist die jüngere (wenn auch kaum mehr kleinere) von den zwei Mädelen, fünf Jahre alt, früher einmal die jüngste, jetzt nicht mehr, seit es den kleinen Bruder gibt. Die Eva ist die mit den glatten Haaren, die mir nicht gefallen. Sie hat auch Simpelfransen, eine dicke Nase und auch dicke Beine, sagt die Schwester. Der Bruder sagt, sie hat Wurstfinger. Sie kann aber gut rechnen, sagen die anderen. Sie ißt gerne Bonbons, kriegt aber selten welche. Sie läßt sich leicht ausschmieren und weiß nicht, wem sie glauben soll. Am großen Tisch beim Essen hört ihr meistens niemand zu. Sie möchte unbedingt immer alles mit den andern machen und will dafür auch ganz brav sein. Nie würde sie es sich trauen, den Vater so herauszufordern wie der Bruder mit den Füßen im Klo. Ein Pritsch vom Vater ist beschämend und eine Niederlage, sie will ja alles richtig machen. Sie hat Angst, daß jemand rauskriegt, daß sie in Wirklichkeit gar nicht so brav ist. Es sind ja immer so viele Große da, die alles rauskriegen. Sie kann sich nicht vorstellen, was dann passiert. Das ist dann so wie das Jüngste Gericht.

Um diese Eva ist jetzt der dicke Strich gezogen zum Ausschneiden aus der Familie. Das soll ich sein. Wenn ich die Augen zumache, ist das ganze Zimmer mitsamt der Familie weg. Ich schaue die Hände vor mir an und spreize die Finger. Das sind meine, Wurstfinger hin oder her. Wenn ich aus dem Zimmer ginge, bliebe die Familie dort, aber die Hände kämen mit. Ich bin mickrig im Vergleich zu den zwei Zimmern voller Leute. Ich will nicht nur dieses Bißchen sein, die eine Figur ist mir zu wenig, eine Figur noch dazu ziemlich am Rand, bei den Kleinen, nichts Besonderes, wo es eigentlich egal ist, ob sie da ist oder nicht. Trotzdem leuchtet die Linie, die mich aus der Familie herausnimmt, wie die Sonnenstrahlen von den Fenstern, in denen die Staubkörner glitzern, wenn gerade niemand vorbeigeht.

Inhalt

1. Vom Krieg · *Seite 5*
2. Vom Essen · *Seite 18*
3. Vom Anziehen · *Seite 34*
4. Von der Sommerfrische · *Seite 47*
5. Vom Spielen · *Seite 59*
6. Von der Musik · *Seite 71*
7. Von Buben und Mädchen · *Seite 83*
8. Von Büchern und Bildern · *Seite 92*
9. Von Weihnachten · *Seite 105*
10. Von Nürnberg und Erlangen · *Seite 116*
11. Von mir · *Seite 127*

Die Deutsche Bibliothek – CIP-Einheitsaufnahme
Ein Titeldatensatz für diese Publikation
ist bei Der Deutschen Bibliothek erhältlich.

ISBN 3-421-05717-6

© 2002 Klöpfer und Meyer in der DVA, Tübingen
Deutsche Verlags-Anstalt GmbH, Stuttgart/München
Alle Rechte vorbehalten.

Umschlaggestaltung:
Christiane Hemmerich Konzeption und Gestaltung, Tübingen.
Herstellung, Gestaltung und Satz: niemeyers satz, Tübingen.
Druck und Einband: Pustet, Regensburg.